L'homme du café Kranzler

L'homme du café Kranzler

MICHEL GOUJON

City
Roman

Du même auteur

La Madrague, Liana Levi, 2009 (roman).

L'Autre Saint-Tropez, Michel Lafon, 2017 (bréviaire sentimental).

Daft Punk, incognito, avec Camille Goujon et Yves Bigot, L'Archipel, 2020 (essai musical).

La Désobéissance d'Andreas Kuppler, Héloïse d'Ormesson, 2020 (roman).

La Désobéissance d'Andreas Kuppler, avec Éric Corbeyran et Manuel Garcia, Guy Delcourt, 2020 (BD).

Fédor Dostoïevski, à paraître (essai biographique).

Collection dirigée par Christian English & Frédéric Thibaud
Catalogues et manuscrits : city-editions.com
Couverture : Shutterstock/Studio City

Dépôt légal : Août 2023

Pour Josette, et notre tribu, ceux que nous aimons,
qui nous sont chers.

À Jacques Chaumeil,
l'ami à la fidélité indéfectible.

À mes parents,
Yvette et René Goujon.

À Gilles Lapouge,
l'ami qui aimait le bruit de la neige.

J'ai dû m'en aller sans en vouloir le moment,
Et chercher seul mon chemin
dans cette obscurité.

FRANZ SCHUBERT, *WINTERREISE*,
LE VOYAGE D'HIVER,
TEXTES DE WILHEM MÜLLER

Lundi 17 février 1936

1

Andreas cheminait le long d'Unter den Linden[1]. Il ne comprenait pas pourquoi les vénérables tilleuls faisant habituellement son charme avaient tous été coupés. Il se sentait étranger dans sa propre ville. Un vent glacial lui fouettait le visage. Soudain, son chapeau s'envola. Il ne chercha pas à le rattraper. La nuit venait de tomber sur Berlin balayé par la tempête. Le paysage avait quelque chose d'irréel. Les trottoirs étaient recouverts d'une neige dure qui craquait sous la semelle.

Arrivé à l'intersection de la Friedrichstrasse, Andreas s'arrêta devant le *Café Kranzler*. Après un instant d'hésitation – il était pressé, comme toujours –, il entra. Il s'attablerait un moment et commanderait une boisson le temps de se réchauffer.

À l'intérieur, il chercha du regard une place, mais la salle était bondée. Les serveurs slalomaient entre les fauteuils et feignaient de ne pas le voir – comme ils

1. Une des principales avenues de Berlin.

en ont l'art et la manière –, malgré ses efforts pour manifester sa présence. Il décida d'attendre près de la porte. Soudain, il aperçut ses beaux-parents, Joseph et Maria Bock. Fidèles à leur habitude, ils consommaient un café au lait agrémenté de pâtisseries. Il leur fit signe. Mais eux non plus ne le virent pas. Était-il devenu transparent ?

Bien que l'on fût au cœur de l'hiver, les clients étaient tous, curieusement, en tenue légère, presque printanière. Joseph Bock portait un costume gris clair et sa femme une robe beige ras-du-cou plutôt austère. Brusquement, le beau-père d'Andreas se leva. Avec son allure d'ancien militaire, ses cheveux aux reflets argentés et ses yeux bleus d'une couleur intense, quasi électrique, il avait quelque chose de glaçant. Tel un comédien qui prend le public pour confident, il lâcha *mezza voce*, mais les mains en porte-voix :

— Je vais vous livrer un secret. Aujourd'hui, ils arrêtent tous les suspects. Ils n'épargnent que les gens irréprochables. Mais ne le répétez pas !

À son tour, Maria Bock se dressa et hurla, en gesticulant :

— Ils nous débarrassent enfin de la racaille étrangère ! Et aussi des Allemands… anti-Allemands, des traîtres, des tièdes !

Rien ne collait dans sa mise avec son style coutumier de bourgeoise d'un certain âge, sauf ce rejet viscéral, qu'Andreas lui connaissait bien, de ce qui n'était pas aryen et national-socialiste. Pour une fois, elle l'exprimait sur un ton agressif et vulgaire, au lieu de le faire par allusions, à mots couverts.

L'assistance restait muette et impassible. Au fond, seul dans un coin, un homme, cache-col remonté, casquette vissée sur le front, jetait des coups d'œil inquiets en direction des Bock. Ses vêtements étaient froissés et, manifestement, il ne s'était pas rasé depuis plusieurs jours. Il ressemblait à ces pauvres hères, voleurs de poules, qu'on croisait sur les routes à l'époque de la Grande Dépression et qui effrayaient les enfants.

Subitement, les Bock se tournèrent vers lui et, d'une seule voix, dénoncèrent :

— Un anti-Allemand ! On en tient un ! Arrêtez-le !

Aussitôt, l'assemblée se joignit à eux avec des hurlements de chiens fous. Deux agents de la Gestapo, sanglés dans leurs vêtements noirs, surgirent, arme au poing. En observant l'individu qu'on arrêtait, Andreas découvrit avec effroi qu'il connaissait ce visage : c'était le sien !

L'homme-qui-était-lui tenta, dans un réflexe absurde, de s'enfuir. Mais des sbires de la police secrète bloquaient la sortie. Perdant tout sang-froid, le vagabond se mit à exécuter une série de saluts nazis. Il levait le bras de façon compulsive et mécanique, et accompagnait chaque fois son geste d'un *Heil Hitler !* vibrant d'enthousiasme patriotique. Sa démonstration d'allégeance sonnait faux, c'était grotesque. Les deux gestapistes le regardèrent faire sans broncher, jusqu'au moment où, leur prisonnier cessant enfin sa pantomime, ils le mirent en joue et l'abattirent froidement.

Quelques secondes, le silence régna dans la salle. Puis tous les clients se levèrent d'un bond pour acclamer la Gestapo. Andreas, pétrifié, ne quittait pas des yeux ses beaux-parents qui applaudissaient de bon cœur, comme au spectacle, quand le rideau tombe.

2

Andreas se réveilla en sursaut.

Il ne savait plus où il était ni même qui il était. En proie à la panique, il suffoquait, bien qu'il eût rejeté draps et couvertures dans son sommeil, transformant le lit en champ de bataille. Il referma les yeux et demeura immobile plusieurs minutes, allongé sur le dos, les bras le long du corps. Il venait de faire l'un de ces cauchemars qui, ces derniers mois, perturbaient effroyablement ses nuits. Alors qu'il peinait à maîtriser sa respiration, des embryons d'idées, puis des pensées plus structurées lui traversèrent l'esprit. Recouvrant son calme, il finit par distinguer le réel et l'imaginaire, et, peu à peu, reprit pied dans l'obscurité.

Il se trouvait à Garmisch-Partenkirchen, où il était venu seul. Cela n'aurait eu aucun sens que Magdalena l'accompagnât. Il était là pour son travail. Et sa femme détestait les compétitions sportives. Elle n'aimait pas non plus l'ambiance des stations de ski ; ils n'y avaient sacrifié ensemble qu'une fois, au tout début de leur mariage – à Garmisch d'ailleurs, parce que c'était la station à la mode.

Désormais, leur couple battait sérieusement de l'aile et cette séparation de presque deux semaines avait été la bienvenue. Pour lui, une bouffée d'oxygène, au sens propre comme au figuré, l'occasion de faire le point, de mettre les choses au clair. Pour elle aussi, sans doute.

Journaliste sportif dans un grand quotidien de Berlin, Andreas avait pour spécialités l'athlétisme et le cyclisme sur piste, mais il pouvait couvrir presque toutes les disciplines. Il était considéré comme l'un des chroniqueurs les plus talentueux dans son domaine, et s'était rendu ici, au cœur des Alpes bavaroises, pour les quatrièmes Jeux olympiques d'hiver.

Il jeta un coup d'œil à la pendulette à dôme inclinable posée à sa droite, sur la table de chevet. Les aiguilles marquaient 3 h 59. C'était fichu. À cette heure-ci, il lui serait impossible de se rendormir. En tout cas, de se rendormir vraiment. Il avait terriblement mal à la tête. Pas étonnant après ce qu'il avait ingurgité la veille. Les Jeux s'étaient terminés quelques heures plus tôt, lors d'une cérémonie fastueuse ; on était à l'aube du lundi 17 février 1936.

Andreas resta un moment hébété, les yeux rivés sur le cadran luminescent de la petite horloge. Une magnifique pièce de la maison Mofem dont il était très fier parce qu'elle indiquait l'heure avec une extrême précision. C'était un modèle de voyage, fabriqué en nombre limité. Il en avait fait l'acquisition l'année précédente, quelques jours avant ses trente ans, anticipant la remarque que n'avait pas manqué de lui faire Magdalena, quand il lui avait montré son achat :

— Il devient impossible de te faire des cadeaux. Dès que tu as envie de quelque chose, tu te l'offres, et tu choisis systématiquement ce qu'il y a de plus cher !

Avait-elle repéré cet article d'exception chez le célèbre horloger et souhaitait-elle lui en faire la surprise, pressentant qu'elle le comblerait ? Était-elle déçue ou irritée qu'il lui ait coupé l'herbe sous le pied ? Assurément pas. Elle trouvait Andreas trop dépensier et désapprouvait ce qu'elle appelait son « penchant pour le luxe et le futile ». Le prix de la Mofem se justifiait pourtant, il en était convaincu : c'était un pur joyau de mécanique, léger, et peu encombrant une fois rangé dans son écrin. Un réveille-matin idéal pour un reporter ayant gardé, malgré son nomadisme, le goût pour un certain raffinement que ce très bel objet incarnait. Sauf que ce bijou de technologie et de miniaturisation ne lui servait finalement à rien, il l'admettait, hormis le plaisir esthétique qu'il lui procurait. Il se réveillait toujours bien avant la sonnerie, généralement entre 3 et 4 heures, parfois plus tôt. Cela ne l'empêchait pas, le soir, quand il se couchait, de continuer à programmer l'alarme pour 7 heures, tout en sachant que c'était absurde. Il y avait là de sa part comme une superstition, ou une obstination déraisonnable. Ne pas le faire, c'eût été baisser définitivement les bras devant son syndrome insomniaque, reconnaître que celui-ci était devenu une maladie incurable. Ce dont, en réalité, il devait convenir : ses insomnies étaient de plus en plus sévères. À Berlin, il incriminait l'air vicié par les usines, le chauffage au charbon, les voitures qui envahissaient rues et avenues, maintenant que la crise économique s'éloignait, ou bien il se plaignait auprès de Magdalena – que pouvait-elle y faire ? – du bruit, cette rumeur sourde qui montait, même la nuit, jusqu'à l'appartement pourtant confortable où ils vivaient, au cinquième étage d'un bel immeuble d'Unter den Linden, l'artère la plus prestigieuse de la ville. Mais ici, à pareille altitude et dans cet univers ouaté, qu'espérer de mieux ? Un paradis blanc qui offrait d'immenses étendues neigeuses, des forêts de sapins grimpant vers les sommets et se perdant dans la brume, un air d'une grande pureté. Et le silence, de surcroît.

Rien n'y avait fait.

3

Soucieux de son sommeil, Andreas avait pris soin de réserver sa chambre à *L'Auberge*, l'un des hôtels les plus isolés de la station de Partenkirchen, qu'il avait préférée, avec son charme à l'ancienne et ses maisons traditionnelles, à sa voisine, Garmisch, trop moderne à son goût. Il avait choisi un petit établissement à l'écart des grands complexes hôteliers où s'étaient installés, outre les autorités allemandes, les différentes délégations sportives et les journalistes internationaux venus couvrir les JO. *L'Auberge* était une bâtisse typiquement bavaroise. Une grande demeure sur trois étages avec des balcons de bois offrant une vue imprenable sur la vallée, et une façade décorée de fresques murales en trompe-l'œil. Les couleurs de ces œuvres picturales naïves étaient pour la plupart pimpantes, au service de scènes bucoliques qui racontaient les travaux et les jours de la vie montagnarde au fil des saisons. L'une d'elles toutefois détonnait : elle représentait, sur un large pan de mur, un marcheur solitaire, un homme qu'on voyait de dos. Le *Wanderer* semblait traverser un territoire des confins aux paysages mélancoliques en partie nimbés de brouillard. Quel sens avait-on voulu donner à ce motif décoratif ?

Quoi qu'il en fût, après presque deux semaines de séjour, Andreas devait en faire le constat : pas une de ses nuits, dans ce décor de conte de fées, n'avait été sereine, ni même seulement réparatrice.

Il est vrai que tous les soirs, avant de rentrer se coucher, il avait absorbé pas mal de verres au piano-bar du *Grand Hôtel*, le lieu le plus en vogue de Garmisch, où des reporters américains avec lesquels il avait sympathisé avaient pris leurs quartiers.

Chaque fois, par un inévitable phénomène d'entraînement, ils y étaient allés très fort. Ils avaient siroté et mélangé allègrement bières et spiritueux en tout genre, et fumé d'excellents cigares de Cuba, avachis jusqu'à des heures avancées dans les confortables fauteuils en cuir du hall Art déco de l'hôtel. Ils discutaient en anglais, tout en écoutant distraitement un quartet de jazz jouer des standards. Il s'agissait de morceaux qui, depuis quelques années, ne passaient plus à la radio allemande. « L'art dégénéré » était condamné par le gouvernement nazi, en particulier la « musique nègre », considérée comme l'une de ses composantes les plus scandaleuses. Andreas avait apprécié ces retrouvailles musicales. Étudiant dans les années 1920, il avait beaucoup écouté les artistes de jazz et de blues américains. Il avait gardé une certaine nostalgie de ces rythmes et de cette époque. Son morceau préféré de cette période mythique était de loin *Black and Tan Fantasy* de Duke Ellington et Bubber Miley. Il se souvenait de l'énorme succès que cette composition instrumentale avait remporté en 1927, dans le monde entier, grâce à la TSF. Il en appréciait particulièrement la chute, surprenante et très réussie : quelques notes extraites de la *Sonate pour piano n° 2* de Chopin. Il aimait la musique classique dépoussiérée, revisitée par des artistes contemporains. Quel dommage que sa femme Magda qui jouait du piano avec talent, à un niveau presque professionnel, s'en tienne, lors des fêtes familiales et des grandes occasions, à l'interprétation la plus orthodoxe de quelques grands classiques des siècles passés !

Andreas s'était néanmoins demandé pourquoi là, pendant les Jeux, les musiciens avaient choisi un tel répertoire. Était-ce par provocation, en connivence peut-être avec le propriétaire des lieux, pour exprimer un rejet du régime ? Ou bien fallait-il y voir de l'inconscience, de la naïveté ? Aucune de ces hypothèses ne lui paraissant crédibles, il en avait conclu que cette musique avait sans doute été commanditée, avec une sacrée dose de machiavélisme, par le ministère de la Propagande lui-même, qui avait dû l'inscrire au cahier des charges de tous les établissements de Garmisch-Partenkirchen. Ces Jeux olympiques étaient une vitrine, une opération de communication majeure, et les Jeux d'hiver, la répétition générale de ceux d'été, qui se tiendraient six mois plus tard, en août, à Berlin, et seraient encore plus grandioses. Il s'agissait pour les nazis de se montrer sous un jour rassurant, de faire bonne figure et de ramener à de pures calomnies toutes les rumeurs qui circulaient ces derniers temps, à l'étranger, sur la politique du gouvernement national-socialiste.

Couvrir un événement planétaire avait décuplé l'habituelle tension des journalistes. Faire la fête, se laisser étourdir par l'alcool et un bon orchestre, après des journées d'une rare intensité, leur avait permis de se détendre, de récupérer. La passion de leur métier et du sport avait créé entre eux une complicité aussi immédiate que superficielle. Mais rentrer très tard, imbibé comme une éponge et en titubant, n'avait sans doute pas favorisé la quiétude nocturne d'Andreas.

Pourtant, le vrai problème n'était pas là, et il le savait. Ses nuits, ici comme à Berlin, avaient moins été perturbées par l'alcool, qui produisait sur lui un effet soporifique, que par ce qu'il appelait ses « rêves noirs ». Il endurait ces cauchemars récurrents depuis l'automne précédent, quand la radio avait retransmis les discours hystériques du congrès annuel des nazis. Les journaux militants s'étaient largement fait l'écho de ces incantations. En tant que journaliste, il avait toujours été sensible au verbe, à sa puissance. Les mots prononcés à Nuremberg étaient terribles, et derrière, dans l'indicible, il avait perçu pire encore.

Ses certitudes en avaient été sérieusement ébranlées.

D'affreuses scènes s'étaient mises à le hanter. Dans la journée, tapies au fond de sa psyché, elles se faisaient sournoisement oublier pour qu'il puisse continuer à vivre normalement. La nuit, elles surgissaient, obsédantes. Il fallait bien que ses états d'âme trouvent des exutoires, que tout ce qu'il devait refouler s'évacue d'une façon ou d'une autre. Au début, il parvenait à se rendormir, même après un réveil brutal provoqué par l'une de ces séquences morbides. Il recourait, comme lorsqu'il était enfant, à un vieux truc qu'il tenait de son grand-père : réciter un poème, compter un troupeau de moutons ou bien encore les arbres d'une forêt imaginaire. Mais depuis quelques semaines, cela ne suffisait plus. Les violentes diatribes des dirigeants nationaux-socialistes et les lois qui avaient suivi, inspirées par le dauphin du Führer, Rudolf Hess, l'avaient profondément troublé et pouvaient expliquer en partie l'évolution de son caractère : il s'était assombri, chaque jour un peu plus. La marche en avant de la révolution nazie et « l'aryanisation » de la société qui allait de pair rendaient la grande majorité de ses compatriotes enthousiastes, certains même euphoriques. Alors, en vertu de quel principe produisaient-elles sur lui des effets inverses qui commençaient à être dévastateurs ? Il avait du mal à se l'expliquer. Mais c'était ainsi : bien qu'Allemand de souche, il ne cautionnait pas toutes les dispositions qui instauraient un climat malsain, dont le

Reich n'avait pas besoin après les années difficiles de l'après-guerre.

Bien sûr, la révolution nazie avait sauvé l'Allemagne, ce pays qu'il n'avait pas choisi, mais qu'il aimait plus que tout autre, parce que c'était sa terre. Elle avait empêché que la nation ne sombre à jamais. Au contraire, en trois ans, elle s'était redressée, grâce à l'accession au pouvoir du chancelier Hitler, appelé par tout un peuple dont il exprimait si parfaitement l'âme et la volonté. Qui aurait pu condamner un tel bilan ?

Pourtant, Andreas ne parvenait plus à partager les valeurs des nouveaux maîtres du Reich. Et se sentir à l'écart du mouvement général le déchirait. Un homme peut-il ne pas soutenir sa tribu, ne pas partager les croyances de sa *Gemeinschaft*, cette communauté à laquelle il appartenait qu'il le veuille ou non ? Comment ramer contre le courant ? Comment ne pas être solidaire ? Toutes ces questions le perturbaient. Il pensait souvent à sa mère, à son père et à ses trois sœurs. Il s'efforçait de trouver dans leur attitude vis-à-vis du régime – critique, certes, mais non combative – une justification à sa propre passivité. Aucun des siens ne s'était franchement réjoui de l'arrivée à la chancellerie d'Adolf Hitler, considéré dans la famille Kuppler comme un aventurier, un bonimenteur de brasserie. En catholiques fervents, tous les cinq avaient à cœur, chaque jour que Dieu faisait, de porter le message d'amour de l'Évangile, aux antipodes de l'idéologie nationale-socialiste. Ils s'y employaient avec beaucoup plus de foi et d'opiniâtreté que lui-même. Ils étaient aimants, attentifs à leur prochain. Cependant, aucun ne semblait s'opposer au nazisme. Étaient-ils, eux aussi, en voie de conversion après tant d'années d'efficace propagande, ou seulement résignés ?

La belle interrogation !

Qui était-il pour vouloir sonder les âmes, lui qui avait accepté au début de l'année 1934 de prendre sa carte au NSDAP ? Son patron, Ralph Becker, l'avait exigé, à deux ans des Jeux olympiques, précisant qu'il ne pourrait pas demander d'accréditation pour ceux de ses collaborateurs qui ne seraient pas membres du Parti. « Voulez-vous que les services de Goebbels vous retirent votre licence de journaliste ? » avait-il menacé. Quel choix avait eu Andreas ? Celui de se retrouver au chômage avec une épouse qui ne travaillait pas et les traites d'un appartement à payer ?

Pour se donner bonne conscience, il s'était convaincu qu'il n'avait pas d'autre solution. Il avait préféré, à l'époque, voir dans cet acte une mise en règle purement administrative. Néanmoins, il était bel et bien encarté au parti national-socialiste et ne pouvait échapper à cette réalité.

Andreas se demandait, au regard de l'essor du pays dont tout le monde tirait profit, s'il était acceptable qu'il tergiverse ainsi, alors que le nouveau régime bénéficiait de l'adhésion presque unanime et sans réserve de la population. Bref, il en venait à douter du bien-fondé de ses critiques, de ses inquiétudes, à les percevoir comme une maladie honteuse, une sorte de syndrome psychiatrique.

Devait-il longtemps encore faire une fixation sur ces histoires de race, d'Aryens et de Juifs ? Mais qu'il aille donc se faire soigner les nerfs ! Une révolution n'était-elle pas toujours accompagnée, dans sa phase juvénile, de quelques excès qui restaient la plupart du temps verbaux, même s'il fallait déplorer des exactions et des drames ici ou là ? N'était-il pas en train de rejoindre, par son attitude, la cohorte des *Asoziale*, des parasites qui se contentaient de critiquer, alors que l'art est si difficile, le *faber* si exigeant et souvent ingrat ?

La défense du sang allemand n'était-elle pas, après tout, une noble cause ? Pierre de Coubertin – père des Jeux olympiques modernes et autorité morale incontestable – n'avait-il pas affirmé, dans un discours prononcé à Berlin l'été précédent, alors qu'il inaugurait la campagne des Jeux olympiques à venir, que l'athlète devait être le porte-drapeau non seulement de sa patrie, mais de sa race ? Ses propos n'avaient-ils pas reçu le meilleur accueil en Allemagne et ailleurs ?

Il fallait bien l'avouer : Andreas, dont l'esprit connaissait une grande confusion, se contentait de ces débats intérieurs qui alimentaient son malaise et le faisaient passer, à une rapidité déconcertante, de l'indignation à l'abattement. Il ne militait nulle part, ni au NSDAP, ni dans aucun groupuscule d'opposants, ce qui aurait impliqué, il est vrai, le risque d'être déporté, voire condamné à mort.

L'engagement n'était pas fait pour lui, il le savait. Il trouvait mille justifications à son attitude, sans pour autant parvenir à se libérer de la mauvaise conscience qui le taraudait. Son métier était envahissant, et Magdalena et lui tellement préoccupés par leurs problèmes de couple. Où aurait-il puisé le temps et l'énergie de s'intéresser à la politique ?

Andreas devait reconnaître que la situation calamiteuse de sa vie conjugale participait à l'état de son moral et de la qualité de son sommeil. Magdalena et lui faisaient partie de ces gens qui suscitent d'emblée l'admiration ou l'envie, parce qu'on évalue leur bonheur à l'aune de leur statut social. Or, après bientôt cinq ans de vie commune et alors qu'ils atteignaient tous les deux ce qu'il est convenu d'appeler la force de l'âge, ils n'avaient toujours pas d'enfants. La stérilité de leur union pesait beaucoup dans la crise grave qu'ils traversaient et dont ils avaient envisagé l'issue, lors d'une discussion récente où, pour une fois, la raison l'avait emporté sur les émotions : ils entameraient une procédure de divorce dès septembre, juste après la clôture des Jeux olympiques de Berlin qui allaient occuper Andreas tout l'été. D'ici là, Magda et lui navigueraient à vue, en évitant au mieux les récifs.

Malgré la déliquescence de leur couple, il utilisait encore le diminutif affectueux de Magda.

Question d'habitude. Peut-être restaient-ils aussi liés par un peu d'amour, ou de tendresse ? Mais leur vie commune était devenue trop compliquée.

Le travail d'Andreas n'avait pas vraiment favorisé la réussite de leur mariage. Dès le début, il avait été sans cesse absent, tantôt en bouclage, tantôt en déplacement pour couvrir telle ou telle manifestation. Quand il retrouvait Magdalena, il était saturé de rencontres, de mots, de bruit et n'avait même plus envie de parler ou d'écouter. Elle lui reprochait depuis longtemps son égoïsme, son comportement de célibataire. Elle avait raison. Andreas n'ignorait pas la solitude de sa femme, il avait souvent perçu chez elle une attente à laquelle il n'avait jamais répondu. Il savait aussi que leur infertilité plongeait Magda dans un désarroi profond, mais il n'avait pas su trouver les mots, les gestes de tendresse qui auraient pu dissiper ce mal-être, ne fût-ce qu'un instant.

Ils avaient connu une période romantique dont il gardait la nostalgie. Un temps où ils étaient amoureux et multipliaient les attentions l'un envers l'autre. Des fleurs, des petits cadeaux, des mots doux sur des bouts de papier qu'ils cachaient sous un oreiller, déposaient sur la table de la cuisine ou la cheminée du salon. Ils se désiraient et vivaient en fusion de cœur et de corps. Avoir un enfant eût été le prolongement normal de leur lien. La nature, Dieu, le destin ou le mauvais sort – il ne savait trop à qui ou à quoi faire porter cette terrible responsabilité – le leur avait jusqu'à ce jour refusé. Du coup, tout s'était déréglé. Leurs humeurs avaient connu des altérations profondes, leurs opinions s'étaient mises à diverger comme des plaques de banquise poussées par des courants contraires. Difficile, au milieu de tout cela, de garder une vie érotique intense. Ils faisaient l'amour de façon épisodique, loin des élans d'autrefois.

Il se souvenait qu'au début de leur relation, le sexe avec Magda lui convenait parfaitement, tout était simple, sans fioritures. Sa femme n'appréciait pas les longs préliminaires ou les positions sophistiquées, qu'elle jugeait inutilement compliquées ; mais elle aimait leurs ébats. Ils étaient manifestement un élément important de son équilibre. Il adorait la faire jouir et contempler ensuite son visage épanoui, son corps détendu. C'était d'ailleurs l'unique instant où il la voyait alanguie : par éducation autant que par tempérament, elle était la plupart du temps tout en retenue. Il appréciait ce contraste, cette forme de dualité dont lui seul connaissait le secret. Dans son souvenir, ils formaient à l'époque un couple uni et plutôt heureux.

Il leur arrivait encore d'avoir des nuits où les jeux érotiques et le plaisir les laissaient au petit matin épuisés, rassasiés l'un de l'autre. Mais elles étaient le symptôme chez Magdalena d'une phase d'euphorie et de grande fébrilité qui ne tardait pas à être suivie d'une période d'abattement qui durait des semaines. Les médecins, voilà déjà des années, avaient diagnostiqué chez son épouse une dépression nerveuse à tendance cyclothymique, dont la cause semblait être le problème d'infécondité du couple. Le caractère de Magda était devenu très instable et connaissait de déconcertantes variations, au gré des événements du quotidien (chacun représentant une agression potentielle), de ses élans émotionnels, de son équilibre hormonal et des quantités de neuroleptiques qu'elle ingurgitait. Un spécialiste avait tenu à prévenir Andreas (en lui demandant de n'en rien dire à Mme Kuppler) : si son épouse ne suivait pas rigoureusement toutes les prescriptions médicamenteuses et, surtout, si elle restait obnubilée par le désir d'enfanter, la maladie risquait d'évoluer vers une forme plus grave, la psychose maniaco-dépressive.

Magda vivait avec des idées fixes qu'elle ruminait à longueur de journée. Celle de procréer en occupait l'essentiel. Mais d'autres abcès de fixation étaient apparus au fil du temps. Elle jalousait ses amies, celles qui étaient mères, elle se prenait même à les haïr tant elle les enviait. Elle ne supportait pas non plus « toutes ces femmes venues d'Europe centrale qui font un enfant chaque année, qui mettent bas comme des animaux et auraient bientôt revendiqué toutes les places en crèches et dans les écoles, si on avait laissé faire les choses… » Elle en était venue à se considérer comme une mauvaise catholique et en éprouvait un mélange de culpabilité et de ressentiment. Selon la conception qu'elle avait de la vie, ils s'étaient mariés pour remplir une mission – répondre à l'injonction divine faite à Adam et Ève : « Soyez féconds, multipliez-vous, remplissez la terre ! » Puisque la gestation leur était refusée, Magdalena était persuadée qu'il lui fallait battre sa coulpe, faire pénitence. Et elle reprochait à Andreas de ne pas être dans la même démarche expiatoire, la même douleur.

Pourtant, lui aussi souffrait de l'infertilité de leur couple, lui aussi aspirait à la paternité. Mais il se refusait à envisager leur problème comme définitif et aurait souhaité qu'il garde une place raisonnable dans le champ de leurs préoccupations.

Magda, loin de trouver dans son relatif optimisme une forme de réconfort, n'y voyait que désinvolture, un manque de sensibilité typiquement masculin : « Vous êtes décidément tous pareils ! » Ce genre de remarques sur les travers des hommes revenait désormais comme un leitmotiv dans la musique de Wagner.

Andreas ne pouvait s'empêcher de voir dans la maladie nerveuse de sa femme une conséquence du culte hystérique de la maternité qui s'était emparé du pays depuis l'arrivée au pouvoir des nazis. Il allait jusqu'à penser que la société allemande était atteinte d'une immense névrose. La sexualité, la fécondité, la grossesse, qui avaient depuis toujours relevé de l'intimité des couples et des corps, étaient maintenant débattues sur la place publique, et quand Magdalena entendait à la radio toute la propagande en faveur de la procréation, cela redoublait son sentiment d'échec. Inévitablement, elle éteignait le poste et, pour se punir, se frappait la tête contre les murs de l'appartement, ou ouvrait grand les fenêtres du salon et criait en s'adressant à un improbable auditoire, qu'elle semblait situer de l'autre côté de l'avenue : « Vous croyez que je ne vous vois pas en train de ricaner derrière vos rideaux ? Oui, je suis un monstre ! Un rebut de la société ! Et alors ? Qu'on vienne me chercher, qu'on m'enferme, je m'en moque ! Je m'en moque complètement ! » Dans ces crises de paranoïa aiguë, si Andreas ne compatissait pas habilement (en évitant d'en faire trop : elle ne supportait pas « sa pitié »), elle le soupçonnait de complicité : « Vous êtes tous contre moi, tous ligués ! » Qui donc étaient ces mystérieux comploteurs auxquels elle l'associait ? Les voisins d'en face, que ni lui ni Magdalena ne connaissaient, mais qui étaient censés l'espionner (avec des jumelles) et se gausser de ses crises de nerfs ? Ou les membres du corps médical qu'ils avaient si souvent consultés sans résultat probant ? Ou bien encore les couples de leur entourage qui, eux, avaient des enfants ?

Ces psychodrames étaient de plus en plus fréquents. Ils laissaient chaque fois des traces profondes. Pour les surmonter, Magdalena augmentait les doses d'anxiolytiques. Quant à lui, il fuyait dans le travail. Le Journal l'absorbait et lui donnait l'illusion d'éloigner la perspective d'un chaos dévastateur…

4

La pendulette Mofem affichait 8 heures. Le moindre mouvement de la nuque déclenchait dans le crâne d'Andreas quelque chose de l'ordre de la secousse sismique. Il aurait dû être plus raisonnable. Bien sûr, il n'était pas alcoolique. Cependant, trop souvent, les manifestations sportives qu'il couvrait se prolongeaient dans une brasserie ou au bar de l'hôtel servant de Q.G. aux journalistes.

Ratiocinait-il vraiment depuis quatre heures ? Il avait dû se rendormir par intermittence. Les insomniaques connaissent bien ce phénomène : quand arrive le petit matin, que les affres de la nuit s'estompent et qu'on a rendu les armes, s'installe une période paradoxale de « faux sommeil ». Une alternance de phases d'éveil au cours desquelles on continue d'agiter des idées noires ou absurdes, en ressentant une urgence à « sauver » sa nuit avant le lever du jour, et de plages de somnolence, nombreuses, mais brèves, qui font perdre toute notion du temps. Andreas se rappela soudain qu'une journée complète de liberté s'offrait à lui. Il avait prévu de ne rentrer à Berlin que le lendemain, afin de pouvoir profiter encore un peu des Alpes bavaroises.

Il se leva. Ses jambes flageolaient et il fut pris d'un léger tournis. *Je n'aurais jamais dû mélanger les alcools*, se dit-il. Il enfila un peignoir, avala deux cachets d'aspirine et but un verre d'eau. Puis il s'approcha de la grande baie vitrée, tira les rideaux, actionna le volet roulant et ouvrit pour voir le jour nouveau. La forêt de sapins qui recouvrait les pentes de la montagne ployait sous la neige. Embrasser du regard ce paysage, respirer cet air froid et sec lui permit de se débarrasser des miasmes qui embrumaient encore son cerveau. Il se sentit mieux. Presque en forme. Il décrocha le téléphone pour commander son petit déjeuner. Un quart d'heure plus tard, un garçon d'étage lui apporta un plateau qui le mit en appétit. Café noir, très fort, comme il l'aimait, avec un assortiment de petits pains. Quand il eut fini de se restaurer – en fait, il avait bu tout le café et n'avait pas touché à la corbeille de pains –, il était près de 9 heures. Ses maux de tête s'estompaient. Il se dit qu'il se doucherait et se raserait un peu plus tard, il devait d'abord retranscrire le cauchemar qui l'avait si brusquement tiré du sommeil, avant que sa substance ne s'évanouisse tout à fait. Un songe était si volatil, un peu comme un parfum. Il fallait l'enfermer très vite dans un flacon, si on voulait en conserver l'essence. À Berlin, il lui arrivait souvent de se lever en pleine nuit et de s'installer à son bureau pour noter l'histoire qui l'avait réveillé. Il la couchait sur le papier dans le style très personnel avec lequel il rédigeait ses chroniques sportives et qui collait parfaitement au rythme haletant d'une aventure onirique.

Il intitula celle-ci *L'Homme du Café Kranzler*. Il fit un effort de mémoire jusqu'à ce qu'il parvienne à la recomposer. Dans un premier temps, il jugea le scénario totalement absurde. Puis il entreprit de mettre au jour les différents messages qu'il pouvait renfermer. Comment déchiffrer les rêves ? Fallait-il toujours y chercher une quelconque logique ? Pouvaient-ils dissimuler des vérités ? Des désirs inassouvis ou des craintes refoulées ? Des visions prémonitoires ? Un jour, cela vaudrait la peine de les analyser en profondeur.

Andreas interpréta ce songe comme une mise en scène symbolique de ce qu'il vivait ces derniers temps : le dilemme permanent qui lui donnait parfois l'impression de trahir son pays, d'être devenu un « anti-Allemand », ce qui l'emplissait de culpabilité. Au-delà de ce décodage grossier, il s'interrogea : la présence de ce personnage qui semblait être lui était-elle un signe inquiétant de dédoublement de personnalité ? Il releva aussi, dans le puzzle de son aventure nocturne, le rôle que jouaient ses beaux-parents. Rien d'étonnant. Sa belle-famille ne l'avait jamais vraiment accepté. Comme reporter sportif, il avait plutôt bien réussi, mais il n'était toujours pas de leur monde, cette grande bourgeoisie de Prusse orientale, terrienne et militaire, qui aimait par-dessus tout l'ordre et la respectabilité. Ils considéraient Andreas comme une sorte de saltimbanque, un écrivain raté ignorant les règles de la bienséance telle qu'ils la concevaient. Bref, un journaliste.

Il supposa que son cauchemar se déroulait au *Kranzler* parce qu'il appréciait particulièrement cet endroit. Avec son fumoir, sa terrasse, ses fauteuils confortables, sa décoration raffinée, il était l'image d'un art de vivre condamné par les nazis : un hédonisme très Weimar, celui des années 1920 et de la République.

Que les arbres majestueux de l'avenue Unter den Linden aient été coupés lui parut un mauvais présage. Le tilleul, dans toute la mythologie germanique, était le symbole même de la vie, de sa pérennité, de la beauté du monde et de la justice. C'était l'arbre sacré, avec ses feuilles en forme de cœur et ses fleurs à miel, emblème de Freyja, la déesse de l'Amour et de l'Altruisme. Il se demanda s'il fallait pousser aussi loin le décryptage. Les Anglo-Saxons qu'il avait fréquentés ces derniers jours auraient trouvé cela *too much*. Il était toujours un peu trop analytique et Magdalena lui reprochait régulièrement ce travers, elle qui aimait les raisonnements bien carrés.

Au Journal, où on connaissait ce penchant, et son intérêt pour la psychanalyse, l'interprétation des rêves, mais aussi son goût pour la philosophie, la musique et les arts, ses collègues le surnommaient « l'intello » ou encore « Nietzsche », avec un brin d'ironie respectueuse, car il détonnait, surtout au sein de l'équipe de la rédaction sportive. Il est vrai qu'il avait étudié les humanités dans ses jeunes années, ayant ambitionné un temps le métier de professeur de philosophie avant de changer d'avis et de projet parce que le sport était devenu une passion.

En se concentrant sur l'épisode où son *Doppelgänger*[1] cheminait le long d'une avenue dévastée, Andreas eut en tête *Der Lindenbaum*[2], l'un des lieder les plus populaires de Franz Schubert. Il en aimait le contraste saisissant entre l'évocation nostalgique de la première strophe, celle d'un bonheur simple au pays de ses racines, et l'atmosphère sombre et dramatique de la troisième, reflétant le profond désarroi du voyageur solitaire, perdu dans une errance. Schubert avait su exprimer cette ambivalence en écrivant cette partition musicale pour un accompagnement au piano.

Quand il eut terminé de consigner son rêve et l'interprétation qu'il en faisait, Andreas se leva. Il se dirigea vers la grande armoire en bois patiné de style bavarois qui trônait en face du lit. Sans même retirer sa veste de pyjama, il revêtit un pull de laine, enfila son manteau dont il releva le col, mit des gants et son chapeau, et sortit sur le balcon qui surplombait

1. *Der Doppelgänger : « le double » en allemand.*
2. *Le Tilleul.*

les pentes neigeuses. Il accueillit avec plaisir l'air vif qui lui fouetta le visage. Pas un bruit, même du côté de la station. Pas un mouvement. Un univers irréel de douceur glacée. Une impression de premier matin du monde l'envahit. Au bout de quelques minutes, il constata avec joie que sa gueule de bois était définitivement passée. L'étau qui, au réveil, lui écrasait la boîte crânienne s'était desserré comme par miracle. Le froid décidément lui convenait. Il sentait maintenant dans son corps, son esprit, un regain d'énergie.

Il n'avait jamais été frileux. Au Journal, en hiver, ses collègues hésitaient toujours à venir dans son bureau et ne le faisaient que par nécessité. Non pas qu'il les terrorisât par des crises d'autorité ou des mouvements d'humeur intempestifs, mais la température qui régnait dans cette pièce leur paraissait tout simplement insupportable pour un humain normalement constitué. Andreas aimait avoir les idées claires pour rédiger ses articles et n'allumait jamais son poêle, même par les journées les plus froides.

5

Andreas demeura un long moment à l'extérieur, appuyé à la balustrade du balcon, sans parvenir à se soustraire au paysage. Son regard se portait vers les cimes, où un soleil encore pâle dissipait lentement la brume. Son esprit vagabondait…

Il revit un instant le visage de Susanna Rosenberg, la journaliste américaine avec laquelle il avait dansé la veille au soir, sur la piste du piano-bar du *Grand Hôtel*. Il eut le sentiment que quelque chose d'elle – son aura, son parfum, il n'aurait su dire quoi – flottait encore autour de lui. Séjournait-elle à Garmisch ou à Partenkirchen ? Il ne le lui avait même pas demandé. Il mit cette négligence sur le compte de l'alcool. Quelle importance, au fond ? Il la connaissait à peine et il était sans doute préférable d'en rester là, sa vie était suffisamment compliquée. Il valait mieux penser à autre chose, aux événements sportifs qui l'avaient conduit là, par exemple. Il parvint, non sans effort, à chasser le souvenir et l'image qui le troublaient agréablement.

Il venait de passer des journées exaltantes qui contrastaient avec ses nuits, si pénibles, et son existence berlinoise finalement assez ordinaire, tout journaliste qu'il fût. Les yeux dans le vague, il savoura son privilège, l'opportunité que représentaient ces quatrièmes Jeux olympiques d'hiver dans une carrière de reporter, les grands moments et les articles qu'ils lui avaient inspirés. Il les avait dictés chaque soir, par téléphone, à une secrétaire de rédaction. Il y résumait les épreuves du jour, en donnait le palmarès, annonçait le programme du lendemain, se livrait à deux ou trois pronostics et ajoutait toujours la petite anecdote, le commentaire incisif qui colore un papier.

La cérémonie d'ouverture du 6 février avait été particulièrement émouvante lorsque, sous une véritable tempête de neige, les délégations des vingt-huit pays participants avaient défilé dans le stade olympique, devant Hitler. Salué par une foule conquise, le Führer avait proclamé l'avènement de l'année olympique et déclaré les Jeux d'hiver ouverts, avant que les chœurs et les fanfares n'entonnent *L'Hymne de l'alliance universelle* de Richard Strauss.

Les athlètes allemands s'étaient illustrés au cours de la compétition, et le pays avait terminé à la deuxième place en nombre de médailles. Pour une nation au bord de l'effondrement quelques années plus tôt, c'était un bel exploit.

Toutefois, le coup de cœur d'Andreas était norvégien. Il était littéralement tombé sous le charme de la ravissante Sonja Henie, subjugué par sa féminité aérienne et ses qualités artistiques. Le dernier samedi des Jeux, celle qu'on surnommait « la Fée de la glace » avait enflammé par sa grâce et sa légèreté une patinoire bondée, et décroché, à vingt-quatre ans, sa troisième médaille d'or.

Hormis les bourrasques de la journée d'inauguration, et la pluie battante lors des épreuves de bobsleigh à quatre, la plupart des compétitions avaient pu se dérouler dans d'excellentes conditions. Andreas, qui avait apprécié l'ambiance de ces Jeux, se demandait si le bleu du ciel et le soleil, les rues pavées et les façades aux couleurs vives de Partenkirchen y étaient pour quelque chose.

Il y avait bien eu quelques polémiques, notamment celle provoquée par la décision des autorités d'interdire aux photographes non allemands de couvrir l'événement. Cependant, aucun incident majeur n'avait gâché la fête. Andreas avait simplement trouvé regrettables tous ces étendards à croix gammée flottant sur le site olympique, mais comment y échapper ? Le Reich était si fier d'afficher aux yeux du monde sa puissance retrouvée, et le grand organisateur de ces Jeux d'hiver n'était autre que Joseph Goebbels, le ministre de la Propagande.

Il fallait reconnaître que le gouvernement avait fait des efforts vis-à-vis du CIO et des États invités les plus importants, tels que les États-Unis, pour permettre à la manifestation de voir le jour. On avait par exemple exigé des hôtels, des restaurants, de tous les commerces de la station qu'ils retirent, pendant la durée des JO, leurs panneaux « Interdit aux chiens et aux juifs ».

Et le hockeyeur Rudi Ball, un ailier droit de génie, haut d'un petit mètre soixante-trois, qu'Andreas admirait, avait pu retrouver son poste de capitaine au sein de l'équipe allemande, bien que stigmatisé depuis des années comme « apatride d'origine sémitique ». Plusieurs commentateurs étrangers n'avaient pas manqué de dire que ce n'était qu'un leurre et qu'il avait dû être manipulé ou acheté par le pouvoir auquel il servait de caution. Néanmoins, on ne pouvait passer sous silence une telle ouverture.

À l'aune du bilan sportif et de la qualité de l'organisation, mais aussi d'un certain pragmatisme et d'une bonne dose de patriotisme, Andreas estimait ces Jeux d'hiver réussis. Un parcours sans faute pour les nazis. Les visiteurs étrangers en avaient été très impressionnés.

Pourtant, quelque chose lui laissait un profond malaise.

Un simple geste.

Tous les Allemands assistant aux festivités et aux compétitions, qu'ils soient spectateurs ordinaires, invités de marque ou journalistes, s'étaient levés comme un seul homme, à maintes reprises au fil des jours, pour faire le salut nazi. Ils exprimaient ainsi leur fierté et leur joie que le Reich soit la puissance invitante, après tant d'années de souffrance, d'humiliation et de chagrin. Les étrangers s'étaient très logiquement abstenus. Andreas qui, d'habitude, appréciait peu ce type d'effusions, ou toute manifestation excessive d'adhésion à la révolution, avait fait comme ses compatriotes. Et ainsi, plusieurs fois par jour, il avait tendu le bras droit. Dans un réflexe mimétique et sans conviction profonde, mais quelle différence, en fin de compte ?

En y réfléchissant, ce matin-là, il prenait conscience d'une chose qu'il avait jusqu'alors préféré ignorer : il était bel et bien devenu nazi.

En Allemagne, tout le monde ou presque est national-socialiste, se dit-il pour essayer de se rassurer. Oui, et alors ? En quoi cela le dédouanait-il ? La morale reposait-elle sur la loi du plus grand nombre ? Aurait-il pu s'abstenir d'un tel geste ? Quelles en auraient été les conséquences ? S'il n'avait salué qu'une seule fois par jour par exemple, ou levé le bras moins haut, avec moins d'énergie, cela en aurait-il réduit la signification et la portée ? Était-il possible de n'être qu'un peu nazi, de l'être de façon acceptable ? Y avait-il une gradation ? Qu'il ne parvienne pas à répondre à toutes ces questions le dérangeait profondément. Il n'avait qu'une certitude : à Garmisch-Partenkirchen, il avait manqué de courage.

La honte et la culpabilité qui le submergeaient finirent d'éclairer son cauchemar. Comment cela ne lui avait-il pas sauté aux yeux tout à l'heure, quand il s'était souvenu des saluts mécaniques et terrifiés d'Andreas-le-vagabond ? Son malaise s'accentua et il comprit la mise en garde. Tel un messager, son rêve le mettait au pied du mur : jusqu'où était-il désormais prêt à aller ?

Accepterait-il de devenir lui aussi un pantin, un clown déguisé en journaliste ?

6

Andreas resta encore quelques instants sur le balcon, le regard perdu dans les nuages presque transparents surplombant la montagne bavaroise, avant de jeter un coup d'œil machinal à son bracelet-montre. Une bonne vingtaine de minutes s'était écoulée. La perception du temps est quelque chose de curieux. Il ne chemine pas toujours au même rythme. Par moments, il change de braquet, s'emballe ou ralentit.

S'il traînait encore dans sa chambre, il devrait abandonner l'idée de se rendre à Schachen pour visiter la demeure du « roi fou », Louis II de Bavière. Mais il était si rare qu'il n'ait aucune obligation. Et s'il passait la journée à flâner dans la station ? Peut-être aurait-il l'occasion d'y croiser par hasard Susanna. Il quitta le balcon et s'étendit sur son lit.

Il devait se rendre à l'évidence : il n'était, au fond, qu'un *Mitläufer*, un mouton, un nazi ordinaire et suiviste. Mais les suivistes n'étaient-ils pas des nationaux-socialistes, la pire espèce ? Il avait pourtant le sentiment d'avoir été autrefois un enfant puis un adolescent déterminé et courageux.

Comment en était-il arrivé là ?

Il se souvint de la discussion qu'il avait eue avec Magdalena au cours d'un déjeuner avant son départ pour les Jeux. Il s'interrogeait sur le bien-fondé d'une énième décision du gouvernement, annoncée à la radio, concernant l'honneur du peuple allemand et les lois raciales. Sa femme, exaspérée, lui avait lancé :

— Cesse donc de vouloir tout discuter ! Tu réfléchis trop ! Quand renonceras-tu enfin au dénigrement systématique ?

Il avait été tenté de réagir vivement, de lui rétorquer : « Et toi, tu es prête à tout accepter, comme tous les Allemands ! C'est tellement plus commode de dormir sur ses deux oreilles… »

Mais après un court silence, il s'était contenté d'une réponse plus molle, qui traduisait un certain désarroi :

— Ne vois-tu pas ce qui se passe dans notre pays ?

Évidemment, Magdalena avait profité de cette piètre réaction, perçue comme un aveu de faiblesse, pour prendre l'ascendant dans cette joute oratoire.

Elle l'avait mouché, laminé.

Dressée sur sa chaise, les mains crispées sur le bord de la table, les bras tendus, et n'ayant aucun doute sur la légitimité de ses positions, elle avait hurlé :

— Je le vois très bien ce qui se passe et beaucoup mieux que toi ! Ouvre les yeux : les gens ont du travail, se logent, achètent des voitures. Ils partent en vacances… Le nazisme : mais c'est une chance ! Une chance formidable pour nous tous !

Elle s'était tue un instant, avant d'ajouter :

— C'est insupportable ! Je n'en peux plus de ces positions antinationales !

— Hitler nous a permis d'accéder au confort, mais à quel prix ? avait-il tenté en forme d'objection.

Magdalena était alors sortie de ses gonds et leur conversation avait pris une très mauvaise tournure :

— Par pitié, Andreas, épargne-nous tes sermons sur la montagne ! As-tu boudé ton plaisir, l'an dernier, lorsque nous avons fait cette croisière à Madère à un prix dérisoire, grâce à La Force par la Joie ? Et il y a deux ans, lors de cette semaine au lac de Garde ? N'avons-nous pas un grand appartement, un magnifique salon bourgeois, le téléphone, un récepteur de radio et tout le reste ? N'envisages-tu pas, toi aussi, d'acheter une automobile ?

— Ce n'est pas le problème. Je travaille beaucoup pour que nous ayons tout cela, avait-il glissé d'un ton conciliant.

Mais elle en avait profité pour lui donner l'estocade :

— Tu aurais été bien avisé, ces dernières années, de travailler un peu moins et de me faire un enfant !

Le couperet était tombé. Andreas n'avait pas eu envie de poursuivre l'affrontement. Encore moins de se lancer dans une énième conversation sur la stérilité de leur couple : lequel des deux en était responsable ? Lequel était affligé d'une tare physique ou psychique ? Qui en souffrait le plus ?

Il avait botté en touche. Il ne savait plus très bien comment. Il avait dû demander à Magdalena des nouvelles de ses parents, ou quelque chose de cet ordre. Elle s'était apaisée et ils avaient terminé leur déjeuner en échangeant des banalités. Sa femme avait tacitement accepté la paix qu'il lui proposait. Peut-être était-elle consciente d'être allée trop loin.

Magda ne désirait rien d'autre que d'avoir de beaux bébés et de les élever dans le confort et la sécurité. Le régime avait mis fin à l'anarchie et apporté le bien-être au peuple allemand. Elle considérait que ce redressement spectaculaire était l'œuvre d'Adolf Hitler et lui en était très reconnaissante. Elle ne voulait pas voir plus loin.

Elle refusait de remarquer les ténèbres silencieuses dans lesquelles le pays s'enfonçait. Quelles ténèbres, et quel silence, d'ailleurs ? Tout le monde raffolait de cette période si joyeuse, de ce renouveau, de ces parades dans les rues, des fanions et des drapeaux, des fanfares, des chants, des défilés aux flambeaux la nuit, des bals aux lampions sur les places publiques. Le seul problème selon elle – mais d'un poids si écrasant – était l'infécondité de son union avec Andreas.

Au Journal, la gêne d'abord diffuse qu'Andreas ressentait s'accentuait : presque tous les collaborateurs – du directeur de la rédaction aux secrétaires, en passant par les journalistes et les photographes des différentes rubriques et sous-rubriques – affichaient une adhésion totale au programme mis en œuvre par Adolf Hitler. Alors, à quoi servaient ses états d'âme ? Les quelques employés qui, comme lui, avaient des opinions plus tièdes, suivaient de toute façon le mouvement général sans marquer la moindre opposition. Ralf Becker, qui présidait aux destinées du quotidien, était un militant nazi de la première heure et il aurait été malvenu, et même risqué pour la carrière d'Andreas, de défendre des opinions un tant soit peu hostiles au régime.

7

Andreas ne puisait pas plus de réconfort, ou de motifs de fierté, dans sa foi chrétienne et la pratique du culte. Catholique ou protestante, l'Église était d'une grande complaisance avec le gouvernement. Lors des offices, nombre de pasteurs ou de prêtres demandaient à leurs fidèles de prier pour le Führer dont la tâche était si lourde, les ambitions pour le pays si nobles, et qui avait tant besoin du soutien du peuple allemand, et encore plus de l'aide de Dieu.

Bien sûr, quelques ecclésiastiques refusaient d'apporter leur caution à la politique nationale-socialiste. Au cours de leurs sermons, ils n'hésitaient pas à citer tel ou tel opposant inquiété par le pouvoir et à marquer leur désapprobation. Ils prenaient le risque de défendre les Juifs, les Tziganes et d'autres minorités persécutées. Mais ces religieux agissaient à titre individuel et n'avaient pas le soutien de leur hiérarchie. Tôt ou tard, un fidèle les dénonçait à la Gestapo.

Les Kuppler fréquentaient l'église Notre-Dame-de-l'Assomption, à deux pas d'Unter den Linden. Depuis le début de l'année 1936, le curé de cette paroisse, Georg Höhn, ne manquait jamais d'arguer, pendant son office liturgique, que les Jeux olympiques apporteraient l'éclatante démonstration du redressement national.

— Non, non, et non, hurlait-il dans son microphone crachoteux, en postillonnant généreusement alentour, l'Allemagne ne sera pas longtemps encore outragée.

Trop, c'était trop. Le pays s'était relevé de toutes les conséquences de la *Schandfrieden*, la paix infamante, qui avait brusquement mis fin à la Grande Guerre, et il s'imposerait au monde. Les médaillés olympiques ne feraient qu'annoncer la couleur, donner en quelque sorte le « la » en chevau-légers ! Ceux qui avaient provoqué l'effondrement, les politicards et les apatrides auraient à le regretter. Il y avait une justice immanente et un homme providentiel pour l'incarner. Höhn fustigeait sans les nommer, mais en les regardant avec insistance, ceux qui traînaient encore les pieds, ergotaient, et n'étaient pas dans l'élan national-socialiste. Une poignée de mauvais chrétiens, de pharisiens. Il les incitait à se ressaisir pour participer à la construction de ce Reich appelé à durer mille ans.

Andreas ne comprenait pas comment Höhn avait pu radicalement changer son message dès l'arrivée au pouvoir d'Adolf Hitler. Même le timbre de sa voix s'était étrangement métamorphosé, son phrasé était différent. Il vociférait désormais comme le commandant d'une section de SA, même pour dire des banalités affligeantes. Que lui était-il arrivé ? Il semblait avoir substitué, lui aussi, aux Saintes Écritures, un autre livre sacré, auquel Magdalena se référait à longueur de semaine : *Mein Kampf.* Dans cet ouvrage écrit en captivité, alors qu'il écopait une peine de prison à la suite de sa tentative de putsch à Munich, en 1923, le Guide de la nation se présentait comme un nouveau messie susceptible de concurrencer les paroles de Jésus et de Paul. Andreas était perturbé dans ses convictions et dans sa foi. À l'époque de la République de Weimar, chaque dimanche, tel un troubadour, Höhn lisait un épisode de l'Évangile. Le ton de sa parole était alors rassurant, presque doucereux. Andreas vibrait d'émotion quand le verbe des apôtres résonnait dans l'église par l'entremise du serviteur de Dieu. Il éprouvait dans son esprit – et dans son corps comme irradié – la transcendance. Il aimait Luc racontant le Calvaire. Lorsqu'ils furent rendus au mont Golgotha, en un lieu appelé Crâne, rapportait-il, ils crucifièrent Jésus, avec deux voleurs, l'un à sa droite, l'autre à sa gauche. Les quatre soldats qui tenaient l'homme de Nazareth sous bonne garde récupérèrent ses vêtements après l'avoir mis en croix. Ils en firent quatre parts. Une pour chacun d'eux. Puis ils prirent sa belle tunique et se mirent d'accord pour ne pas la déchirer et la tirer au sort. Alors, Jésus, plein de miséricorde, regarda les cieux et dit : « Père, pardonne-leur, ils ne savent pas ce qu'ils font. »

Avant l'arrivée des nazis, chaque fois qu'Andreas entendait ce récit, il était touché au cœur. Le

Christ incarnait pour lui un monde où le pire des hommes – celui qui vous trahit, vous poignarde dans le dos, vous arrache vos vêtements pour se les approprier ou les vendre – demeure votre frère. Lui aussi est capable d'aimer, lui aussi connaît la souffrance, lui aussi vivra l'heure de sa mort dans une infinie solitude.

Désormais, lors du rituel dominical, on ne voyait plus Dieu, mais le Führer. Magda semblait, elle, s'accommoder du tour de passe-passe. C'était donc cela l'*Umbruch*, le « Grand Renversement » ? Il s'agissait plutôt d'un effroyable basculement de l'Allemagne. Un irrésistible glissement vers les abîmes. Mais qu'importait sa lucidité puisque, au bord du précipice, ses réactions n'étaient pas à la hauteur des événements ?

Eine Wetterfahne.

Voilà ce qu'il était devenu – comme Höhn, comme la plupart de ses compatriotes – : une girouette tournant sans cesse au gré des vents mauvais.

Qu'attendait-il depuis toutes ces années ?

8

Dans le confort matinal de sa chambre d'hôtel, perdu dans les neiges bavaroises, Andreas laissa un moment encore des pensées flottantes envahir son esprit. Un peu plus tard, il alluma la radio qui trônait sur une table ronde Art déco. La TSF diffusait l'hymne nazi *Horst-Wessel-Lied.* Il écouta quelques paroles. « Pour la dernière fois retentit l'appel au combat… » Il éteignit rapidement le poste. Il n'en pouvait plus de ces chants et musiques « collabos » qui envahissaient les ondes à longueur de journée. Il songea à Magdalena.

Elle avait tenu, « pour être au rendez-vous de l'Histoire » auquel Adolf Hitler conviait le pays, à ce qu'ils fassent l'acquisition, dès le printemps 1933, d'un *Volksempfänger*, un « récepteur du peuple », pour remplacer leur vieil appareil, tandis que se déroulait à Berlin l'Exposition internationale de radiodiffusion. Écouter la TSF relevait, depuis l'arrivée des nazis, du devoir civique, et Magdalena respectait cette injonction… plusieurs fois par jour.

Les Allemands étaient invités à dénoncer les gens de leur entourage qui croyaient bon de s'en dispenser. Les autorités incitaient ceux qui n'avaient pas de récepteur chez eux à se rendre dans un café ou tout autre lieu organisant une écoute publique. Et il était de leur intérêt bien compris qu'ils obtempèrent.

Goebbels, le ministre de la Propagande et de l'Édification du peuple, intervenait souvent sur les ondes. Magdalena avait été fortement impressionnée par le personnage, son intelligence, sa stature, son charisme un peu ténébreux. Andreas, lui, n'était pas sous le charme. Quand il entendait sa voix grave et pleine d'onctuosité, il pensait à un serpent venimeux. Bien qu'il fût handicapé, condamné à vivre avec un pied-bot, séquelle d'une grave maladie infantile, Joseph Goebbels ne semblait pas avoir développé une fibre humaniste et compassionnelle…

Son discours du 1er avril 1933 avait marqué les esprits quand il avait déclaré : « Nous avons effacé l'année 1789 de l'histoire allemande ». La TSF avait diffusé le message « en direct » dans la soirée et relaté les événements qui, ce jour-là, justifiaient une telle emphase : les Berlinois de souche aryenne, invités à boycotter les cabinets de profession libérale – médecins et dentistes, avocats et notaires – et les commerces tenus par des Juifs, avaient joué le jeu, répondu présents. On allait pouvoir compter sur eux pour assurer le succès de la révolution nationale qui était en marche. Magda avait tenu à écouter cette harangue debout « pour que le moment soit plus solennel ». À la fin, elle avait fait le salut nazi, le bras bien tendu, mais elle était restée silencieuse. Manifestement, elle n'avait pas voulu prendre le risque d'une nouvelle – et probablement vaine – polémique avec son mari.

Andreas, lui, se souvenait avec indignation de ce samedi 1er avril 1933. Tôt le matin, des militants nazis avaient placardé sur les devantures des boutiques de Berlin tenues par des Juifs des affiches haineuses. Elles n'étaient pas illustrées, mais on avait écrit sur chacune, à la façon des graffitis, un slogan à la peinture noire ou rouge, comme : « Un Allemand qui achète chez les "youden" est un traître » ou « Tu pars en Palestine ou tu crèves ! » Pour faire écho, d'autres magasins situés dans le voisinage arboraient, eux, des panneaux qui garantissaient la pureté raciale du propriétaire des lieux, de ses employés et de ses clients, en indiquant « Établissement purement aryen », comme s'il s'était agi de promouvoir le label de qualité d'une saucisse ou d'un pâté.

La plupart des gens comprenaient cet ostracisme et le soutenaient. Les « métèques » disposaient, selon eux, de trop de pouvoir et étaient responsables d'une bonne partie des maux qui avaient frappé l'Allemagne de l'après-guerre jusqu'à l'avènement du nazisme. Andreas avait eu honte de son métier et de sa corporation en apprenant que plusieurs journaux, en particulier le torchon antisémite de Julius Streicher, *Der Stürmer*, étaient impliqués dans cette opération qui consistait à accabler le principal bouc émissaire des temps nouveaux. Il n'était plus question de dérive de l'information, mais d'une manipulation des masses écœurante et criminelle.

Toute cette violence heurtait profondément Andreas. Il ne saisissait pas pourquoi Hitler accordait autant d'importance à la question de la judaïté au point d'en faire la grande affaire nationale. Il connaissait des Juifs très respectables qui s'étaient fait molester. Il avait voulu faire part de son indignation dans le Journal. Mais le directeur de la rédaction, Gerd Hammerstein, s'y était catégoriquement opposé :

— Kuppler, tout ceci est beaucoup trop polémique. Tenez-vous-en au sport. Vous n'êtes pas chargé de la rubrique des chiens écrasés que je sache, avait-il lâché, persifleur.

— Je ne peux pas vous laisser dire ça ! avait rétorqué Andreas, ulcéré. Il n'est pas question de chiens, mais d'hommes et de femmes qui…

Hammerstein n'avait pas donné prise. Il avait coupé Andreas dans son envolée et jeté froidement :

— Écoutez, que les choses soient bien claires : je mets mon veto à ce papier qui, je vous le répète, n'a rien à voir avec la rubrique dont vous vous occupez. Où aviez-vous donc la tête pour écrire sur un tel sujet ?

Vous cherchez les ennuis ? Si vous êtes surmené, allez donc voir Ralph Becker et demandez-lui deux ou trois jours de congés, mais arrêtez ce genre de conneries !

L'autorité du directeur de la rédaction ne pouvant être mise en cause, l'article n'était pas passé au marbre. Andreas avait gardé de cet incident une vraie amertume et l'intime conviction qu'il resterait désormais, quoi qu'il arrive, dans le collimateur de Hammerstein. Au moindre faux pas, ce dernier le lui ferait payer très cher. Aucune illusion à avoir, même si, après ce bras de fer, leurs relations étaient redevenues normales – autrement dit, professionnelles et polies.

Quelques semaines plus tard, le 10 mai 1933, un autre événement confirmerait les temps nouveaux. Les nazis avaient orchestré un gigantesque autodafé, place de l'Opéra à Berlin, à deux pas des bâtiments de l'université. Tout un symbole, relayé dans plusieurs villes universitaires d'Allemagne comme Göttingen, Hambourg, Königsberg, Munich ou Nuremberg.

Les rayonnages des librairies et des bibliothèques avaient été minutieusement inventoriés. Il fallait en extirper tous les écrits non allemands ou, pire encore, anti-allemands. Des étudiants, encadrés par des SA, qu'une partie de la population surnommait « les nettoyeurs », avaient été chargés d'amener, par camions entiers, au pied des bûchers, les opus mis à l'index. Des dizaines de milliers d'ouvrages jugés non conformes étaient partis en fumée. Pourquoi Goebbels avait-il ordonné une telle manifestation ? Docteur en littérature, il avait pourtant été un étudiant brillant et lettré de la prestigieuse université de Heidelberg, dans le Bade-Wurtemberg.

Ce soir-là, Andreas ne travaillait pas. Il s'était rendu sur les lieux, avec l'espoir insensé que le gouvernement renoncerait au dernier moment à un acte aussi barbare, ou qu'une pluie printanière opportune en empêcherait la mise en œuvre. Mais quand il était arrivé place de l'Opéra, un peu après 23 heures, des pompiers finissaient d'arroser d'essence un énorme monticule d'ouvrages. Andreas s'était approché de l'un des soldats du feu, un jeune homme d'à peine vingt ans, et il l'avait supplié :

— S'il te plaît ! Ne fais pas ça !

Un SA l'avait aussitôt repéré. Il l'avait bousculé, le contraignant à reculer et à se taire. Un étrange vieillard – accoutré comme un clochard, mais avec une allure de seigneur ou de grand sage – qui suivait le spectacle un peu en retrait, avait alors murmuré, sans même lancer un regard à Andreas : « Gaffe, bonhomme ! Ça ne sert à rien de faire le malin », avant de s'éloigner.

Soudain, Andreas l'avait vu se pencher en avant pour récupérer un petit livre tombé d'un camion et le glisser discrètement dans une poche intérieure de sa veste. Un SA s'était approché, comme s'il avait flairé quelque chose. Il l'avait observé un instant et menacé de sa schlague. Le vieil amateur de livres s'était arrêté, avait soutenu le regard du nazi, sans provocation inutile, mais sans le moindre signe d'affolement. Peut-être le SA, un tout jeune type, avait-il eu au dernier moment quelque scrupule à battre un homme qui aurait pu être son grand-père. Ou bien n'avait-il rien vu de sa manœuvre et ne s'était-il dirigé vers lui que pour impressionner les badauds à peu de frais ?

Quoi qu'il en fût, après avoir brandi son arme de façon un peu dérisoire, et grommelé quelques mots incompréhensibles, il avait tourné les talons et rejoint sa patrouille.

Le bûcher s'était enflammé sous les applaudissements et les cris de joie de la foule. Des gens ordinaires. C'était cela qui avait le plus frappé Andreas. Les pères et les mères de famille qui se réjouissaient de cette mise à mort de la culture avaient dû jusqu'alors veiller à ce que leurs enfants découvrent, aiment et respectent les livres, tous les livres. Que s'était-il passé dans leur tête ? Quel cataclysme intime pouvait expliquer pareil reniement d'eux-mêmes ? Des véhicules chargés d'ouvrages ne cessaient d'arriver sur la place, alors que des étudiants lançaient dans le brasier des livres de Thomas Mann, de Sigmund Freud ou de Stefan Zweig, des chefs-d'œuvre d'auteurs allemands ou autrichiens connus dans le monde entier. La quintessence de la culture germanique vouée aux flammes ! Des récitants prononçaient l'oraison funèbre. Ainsi, au quatrième d'entre eux, il était revenu de déclamer :

— Contre la valorisation excessive de la vie pulsionnelle qui dégrade l'âme, pour la noblesse de l'esprit humain, je jette au feu les écrits de Sigmund Freud !

À un moment de la soirée, les spectateurs avaient joint spontanément leurs voix à celles des militants nazis pour entonner à pleins poumons le *Horst-Wessel-Lied.* Andreas en avait eu des frissons dans le dos tant le ton était guerrier. Sitôt l'hymne terminé, un homme – un anonyme dans la pénombre –avait crié des slogans antisémites : « Les Juifs sur le bûcher ! », « Le Talmud en Palestine ! » La foule – tel le chœur antique – les avait repris en écho.

Comme pour un soir de fête, des vendeurs à la criée, profitant de l'occasion, proposaient, les uns les journaux du soir, les autres de grosses saucisses *Bratwurst* ou *Weisswurst* servies dans de petits pains et agrémentées de sauces épicées, d'autres encore des bretzels, du chocolat, des friandises. Quelques gouttes de pluie avaient fini par tomber. Pas suffisantes pour éteindre le feu.

Andreas avait lu dans les yeux de tous ces gens qui regardaient le bûcher une fascination morbide et une joie élémentaire : celle de la horde primitive. Ces hommes, ces femmes étaient prêts à incendier, à saccager et, pourquoi pas, à tuer ; peut-être même à mordre dans les chairs d'un autre homme, à se gorger de son sang. L'ancestral atavisme cannibale pouvait désormais resurgir.

Le vieil homme solitaire qui avait mis en garde Andreas ne faisait pas partie de la meute.

Lui, au moins, avait sauvé un livre.

Alors qu'il rentrait chez lui dans un profond état d'abattement, l'allure morne, le visage fermé, Andreas avait retrouvé le Vieux en guenilles sur Unter den Linden. Il jouait de l'orgue de Barbarie sous l'un des tilleuls de l'avenue, tout en chantant d'une voix puissante et juste mais rauque. Quelques passants s'étaient arrêtés pour l'écouter. Andreas avait eu du mal à en croire ses oreilles. Il était si rare de croiser dans Berlin un musicien des rues. Les nazis détestaient tout ce qui pouvait créer du désordre, comme un attroupement spontané. Et les artistes étaient tous suspects, par définition. Alors qu'Andreas s'approchait, l'étrange vieillard avait entonné l'amorce d'un nouveau morceau : « Joyeux, dans la vie, je vais contre vent et tempête. S'il n'y a pas de dieu sur cette terre, soyons nous-mêmes des dieux ! » L'inconnu qui, un moment avant, l'incitait à la prudence avait choisi un opus de Schubert. Il fallait oser ! Bien qu'il fût parfaitement aryen, le compositeur romantique était voué aux gémonies par les principales éminences du régime. On lui reprochait ses compositions jugées sinistres et, surtout, d'avoir mis en musique des poèmes de Heinrich Heine, juif de par ses origines sinon de religion. Excellent mélomane, Andreas avait immédiatement reconnu le lied intitulé *Mut*, *Courage*, extrait de *Winterreise*, le

Voyage d'Hiver. Le Vieux avait ensuite enchainé sur un autre morceau du même cycle, *Der Lindenbaum*, *Le Tilleul.* Andreas en aimait le contraste saisissant entre l'évocation nostalgique de la première strophe, celle d'un bonheur simple au pays de ses racines, et l'atmosphère sombre et dramatique de la troisième, reflétant le profond désarroi du voyageur solitaire, perdu dans une errance. Schubert avait su exprimer cette ambivalence, grâce à une subtile harmonique dans sa partition musicale destinée à un accompagnement au piano. Andreas vénérait le prodige qui avait rejoint le chœur de la chapelle impériale de Vienne à l'âge de onze ans et commencé à composer des lieder et des danses pour piano alors qu'il n'avait pas treize ans. Un météore qui était mort à trente et un ans, terrassé par la fièvre typhoïde, laissant une œuvre musicale considérable d'au moins un millier d'opus. Andreas s'était rendu trois fois déjà, au fil des années, au cimetière central de Vienne pour se recueillir sur la tombe du brillant représentant de la musique romantique allemande, lui rendre hommage. Il refusait que les nazis décident pour lui du beau et du sublime, du laid et de l'infâme en matière de création artistique. Concernant la musique, tout un répertoire s'était constitué dans les zones les plus profondes de sa mémoire au gré des années. Il comprenait de nombreuses œuvres désormais proscrites ou déconseillées par le régime. La Gestapo n'avait pas encore trouvé le moyen de violer cet ultime giron d'intimité où concertos classiques, lieder, gypsy swing et jazz se côtoyaient. Andreas, en véritable mélomane, savait que le quatrième art – incompatible avec « l'idéal nazi » – avait vocation à l'universel. La « science du beau » n'avait pas de frontières.

Andreas était bluffé ; le trimardeur avait jeté un regard rapide dans sa direction pour lui faire comprendre qu'il l'avait reconnu. Le Vieux avait le culot ou plutôt le courage – c'était bien le mot qui convenait dans le cas d'espèce ! – de braver les autorités, tandis que lui, le pas traînant, frôlait le découragement. Une leçon. Le joueur d'orgue de Barbarie devait estimer que les conseils de prudence qu'il donnait ne valaient pas pour lui, qu'il avait passé l'âge ; ou alors, ils n'étaient qu'une façade. Les autres spectateurs, sans doute la peur au ventre d'avoir osé s'attarder, s'étaient tous défilés.

Son opus exécuté, le Vieux avait de nouveau regardé en direction d'Andreas. Puis il était parti avec son instrument à manivelle et à soufflets posé sur une petite charrette sans qu'ils n'aient échangé une seule parole. Ils s'étaient pourtant tout dit. La musique exprimait ce que les mots n'auraient pu traduire : l'indicible. Et en ces temps, elle pouvait aussi être une forme de résistance.

Andreas avait rejoint son domicile en cheminant encore un moment le long d'Unter den Linden. En ouvrant la porte de son appartement, un peu après minuit, le plus délicatement possible pour ne pas faire de bruit, il avait constaté que Magdalena ne dormait pas, la chambre était éclairée. Il avait éprouvé le besoin d'échanger avec elle, de lui raconter ce qu'il avait vu, entendu, de lui faire part du choc qu'il venait d'encaisser, de recueillir son avis. Il l'avait retrouvée manifestement assommée par un ou des somnifères. Elle avait longuement bâillé en le voyant, s'était ensuite étirée, avant de lâcher d'une voix lasse :

— Je m'apprêtais à éteindre la lumière. D'où viens-tu avec cette tête de mort-vivant et ces épaules affaissées ? On dirait que tu as croisé le diable...

— C'est presque ça, lui avait-il répondu, j'ai vu le brasier des Enfers.

Il lui avait décrit l'euphorie de la foule quand les livres s'étaient enflammés, les applaudissements, les bras levés, les chants nazis... Il n'en avait pas encore terminé avec le récit des faits qu'elle l'avait interrompu, ne parvenant pas à masquer un début d'agacement :

— Tous ces gens avaient raison d'applaudir. Et les SA doivent être remerciés et décorés pour leur action... purificatrice.

Abasourdi comme s'il avait reçu un uppercut, blanc comme un linge, Andreas n'avait pu que murmurer :

— Mais comment peux-tu...

Magdalena l'avait coupé, le visage fatigué, les yeux submergés de lassitude :

— Il faut à la fin que tu comprennes : les Allemands ne veulent plus être les esclaves de l'esprit juif.

— L'esprit juif ? Encore une invention des nazis… Où l'as-tu rencontré ?

— On le trouve partout, dans « tes » livres – ceux dont tu te plais à prendre la défense et dont tu me rebats les oreilles à longueur d'année, avec une mention spéciale pour les récits de Stefan Zweig, ce mondain cosmopolite que tu mets sur un piédestal et qui doit tout ignorer de la vraie vie des vraies gens.

— Magda, avait-il tenté, souviens-toi : tu avais adoré son roman *Der Amokläufer*[1]… Tu m'en parlais avec émotion et…

Excédée, elle ne l'avait pas laissé terminer sa phrase :

— Maintenant, je voudrais dormir.

Puis elle avait éteint sa lampe de chevet et ajouté :

— Tu peux faire ce que tu veux de ta nuit. Mais s'il te plaît : laisse-moi.

Les choses en étaient restées là. Ce soir-là.

---

1. Le titre de l'édition française est *Amok*, de Stefan Zweig, éditions Stock, 2002.

9

Dès le lendemain de l'autodafé, Andreas avait été convoqué par Ralph Becker, le président du Journal. Lors du rendez-vous, Hammerstein était présent. Le directeur de la rédaction n'avait même pas pris la peine de saluer Andreas, se contentant de le fusiller du regard. L'ambiance était pesante dans le bureau du grand patron auquel les journalistes n'avaient accès que dans les occasions exceptionnelles.

Becker n'avait pas tourné autour du pot, tant l'affaire lui paraissait sérieuse :

— Je tiens à vous alerter cordialement, Andreas, que depuis quelques semaines vous jouez à contretemps. Ou alors votre instrument est mal accordé, mais vous posez un sérieux problème à l'orchestre symphonique qui se démène jour et nuit pour produire une musique attractive et digne – parce que c'est cela un journal : des musiciens besogneux qui, dans l'ombre, s'efforcent de donner le meilleur d'eux-mêmes et qui jouent collectif. Le collectif, oui, voilà l'essentiel ! avait-il lâché, avant d'ajouter : Un quotidien d'information, c'est une équipe solidaire. Vous ne pouvez la mettre à mal en jouant en solo et sans respecter les partitions, c'est-à-dire les règles !

Puis il s'était tourné vers son directeur de la rédaction.

— Je laisse la parole à Gerd qui, dans son rôle de chef d'orchestre, si on file la métaphore jusqu'au bout, va vous expliquer où est le problème. Mais j'espère que vous voyez déjà de quoi il s'agit. Cela serait, d'une certaine façon, rassurant pour nous tous, croyez-moi !

Hammerstein avait embrayé :

— Que cherchez-vous, Kuppler ? La suspension ou, pire, la fermeture du Journal ? Avez-vous perdu la raison pour asséner des leçons de morale à des militants de la cause nationale-socialiste en mission ?

Andreas était resté coi un instant, sonné par le coup qu'il n'avait pas vu venir. Puis il avait presque murmuré :

— Mais de quoi me parlez-vous ?

Histoire de gagner du temps, d'encaisser le choc, d'essayer de comprendre les rapports de force et les enjeux. Il était dans les cordes. Hammerstein avait alors tenté de le mettre K.-O., d'avoir sa peau.

— N'étiez-vous pas en congé hier ? Pourquoi diable vous être rendu place de l'Opéra aux alentours de 23 heures, alors que l'autodafé était annoncé depuis des lustres ?

— N'en avais-je pas le droit ?

— Ça n'est pas le problème, je me fous du droit !

— Que me reprochez-vous ?

— Ne me dites pas que vous n'avez pas saisi mon propos !

— J'aimerais comprendre où vous voulez en venir. Allez droit au but.

— Vous avez commis une faute lourde en venant rôder, avec votre nostalgie de la République de Weimar en bandoulière, dans un lieu où se jouait l'un des temps forts du « Grand Renversement » ! Vous avez pris le risque de vous faire repérer par les autorités. Espériez-vous épater le quidam de la rue en prenant une posture de justicier outragé ?

— Qui vous a rapporté ma présence place de l'Opéra hier soir ?

— Un de vos collègues – lui chargé de faire un reportage et dûment accrédité pour cela – vous a aperçu au moment où vous sermonniez vertement un SA qui ne faisait que son devoir.

Andreas avait repris pied et au mot « devoir » – vidé de son sens, piétiné –, son sang n'avait fait qu'un tour :

— Vous voulez dire un SA venu en renfort de voyous pyromanes bien décidés à détruire par le feu notre patrimoine culturel. Mais quel sens des responsabilités et du devoir avez-vous donc ? Vous m'inquiétez sérieusement… N'ai-je pas le droit d'aller là où bon me semble quand je ne suis pas en activité pour le Journal ? De faire ce qu'il me plaît ? Me prenez-vous pour un moine-soldat ? Eh bien, sachez que je n'en ai pas la vocation.

Déstabilisé un instant, Hammerstein avait compris qu'il lui fallait frapper un grand coup, faute de quoi son autorité en sortirait écornée :

— Je croyais pourtant m'être fait entendre le mois dernier : tant que vous êtes des nôtres, j'exige que vous vous en teniez au sport et que vous cessiez de jouer au chevalier blanc. Je vous demande avec la plus extrême fermeté de ne pas vous mêler de politique. Même en congé, oui, le jour, la nuit, en tout temps, vous êtes, comme nous tous ici, responsable de l'image de marque du Journal, c'est ainsi et vous ne pouvez pas y échapper !

Andreas n'avait rien trouvé de mieux que de piteusement demander :

— Quel collègue couvrait le reportage ?

La réponse ne s'était pas fait attendre. Hammerstein l'avait assénée en frappant du poing le bureau de Becker :

— Kuppler, cessez donc ce jeu des questions stupides qui n'appellent aucune réponse ! Ne comptez pas sur moi pour vous donner un nom en pâture ! En revanche, soyez assuré que je serai toujours là pour vous empêcher de foutre le bordel et de nuire à notre Journal avec vos idées à la con !

Pressentant que la situation ne tarderait pas à devenir incontrôlable, Ralph Becker n'avait pas hésité à couper la parole de son directeur de la rédaction, pour s'adresser directement à Andreas, rassurant et patelin, et compenser un peu la douche froide administrée par Hammerstein :

— Bien entendu, eu égard à la qualité de votre travail journalistique et aux excellentes relations que nous entretenez avec vos lecteurs, j'ai demandé qu'on ne prévienne pas la Gestapo. Et devant votre supérieur hiérarchique, je vous réitère ma confiance, mais sous condition : sans droit à l'erreur, pendant une période probatoire indéfinie... Comprenez-le : nous ne pourrons ni tolérer ni couvrir un nouvel incident de ce genre.

Becker était resté silencieux un instant, comme s'il hésitait avant de donner la charge dans toute son ampleur. Puis il était allé au bout de son propos :

— Je dois être clair avec vous et sans complaisance parce que j'ai pour vous de l'estime et de la sympathie : s'il y avait récidive, une nouvelle attitude caractérisée d'opposition au Régime ou aux valeurs qu'il incarne, notre devoir, sauf à trahir le Guide de la Nation allemande, serait de vous dénoncer. J'entends... eh bien... de faire une déposition auprès des services administratifs concernés de la Police secrète d'État.

Hammerstein s'était cru autorisé à intervenir vivement à ce moment-là :

— Là-bas, les interrogatoires sont musclés, avait-il lâché. Croyez-moi... *(Il avait regardé de nouveau Andreas sans une once d'aménité.)* Il vous en cuirait !

Becker, désireux de calmer le jeu – bien qu'il soufflât le chaud et le froid –, avait repris la main :

— Nous n'en sommes pas encore là, mais… si vous deviez manquer de prudence et de loyauté ; ou si votre patriotisme était pris en défaut… voilà comment se termineraient les choses. Vous n'en êtes pas à votre première incartade. Ayez en tête les valeurs du Reich, Andreas. Il faut que vous y adhériez, bon gré mal gré. De préférence avec zèle et enthousiasme. Vous verrez : après, tout rentrera dans l'ordre. Vous deviendrez un bon Allemand. Oui, c'est très exactement ça : un bon Allemand.

Pendant toute la durée du rendez-vous, Andreas avait observé Hammerstein. Le directeur de la rédaction était à longueur d'année souffreteux et enrhumé. Il se mouchait, éternuait, reniflait. Avec sa petite moustache en forme de brosse, son « frein à morve » avait songé un instant Andreas, il ressemblait un peu au chancelier Adolf Hitler. Andreas se demanda si, désormais, dans l'Allemagne nazifiée, tous les chefaillons, les petits Führer de quelque chose, allaient – par mimétisme grégaire et servilité – s'affubler d'une brosse à reluire façon chancelier en guise de moustache. Cet attribut de leur virilité allait-il devenir un « symbole nazi » à l'instar du svastika et du Sowilo ?

Tandis que Ralph Becker assénait son long discours moralisateur, Andreas était resté silencieux. Quand le patron lui avait demandé de promettre SO-LEN-

NELLE-MENT (il avait bien détaché chaque syllabe, comme s'il s'agissait ainsi de mieux se faire entendre) de s'amender, Andreas avait habilement esquivé, préférant s'en tirer (puisque les dés étaient pipés : Becker détenait l'autorité suprême au Journal, pas lui !) avec une réponse laconique, à double, voire triple sens, comme il en avait l'art et la manière :

— Je saurai prendre mes responsabilités. Je m'y engage.

Ralph Becker n'avait pas perçu les subtilités que cachait le verbe d'Andreas. Mais il avait semblé satisfait d'entendre le mot « responsabilité » dans sa bouche. Andreas était amer. Becker lui avait passé un savon alors que Hammerstein avait déjà bien chargé la mule.

Il s'était senti trahi par celui qu'il considérait jusqu'alors comme un mentor, presqu'un père. Lâché.

10

En milieu de matinée, Andreas n'avait toujours pas quitté sa chambre d'hôtel. Assis confortablement dans un fauteuil club aviateur de cuir « carlingué » d'aluminium, il avait tenté un instant de se plonger dans la lecture – ou plutôt la relecture pour la xième fois depuis la découverte éblouie qu'il en avait faite à l'âge de dix-sept ans – des *Cahiers de Malte Laurids Brigge*, l'unique œuvre romanesque de Rilke. Un livre mystérieux, d'une immense poésie, qu'Andreas révérait, tant il était riche de sens multiples.

Mais la prose de Rilke, si proche de ses propres pérégrinations mentales, avait ramené Andreas, par un subtil jeu d'osmose, au vagabondage temporel, aussi lucide que douloureux, qu'il avait amorcé dès le petit matin.

Comment y échapper ?

L'Allemagne avait changé. Une métamorphose incroyable, inconcevable, à donner le vertige, tant elle avait été rapide. Il flottait maintenant dans l'air des relents nauséabonds. La culture, les arts, les médias étaient « nazifiés ». Les SS, SA et autres militants nazis organisaient des manifestations au cours desquelles ils appelaient les « vrais patriotes » à la violence armée. On entendait parler de profanations de synagogues et de cimetières « étrangers », de descentes punitives, de passages à tabac au jugé, en fonction du faciès et de la tenue.

Ces bastonnades, souvent sanglantes, demeuraient impunies. Les « ennemis héréditaires », même ceux dont les ancêtres vivaient depuis des siècles sur les terres du Saint Empire romain germanique, même ceux dont le père avait sacrifié sa vie lors de la dernière guerre, n'étaient plus des citoyens à part entière. Ils étaient devenus des pestiférés.

Andreas avait eu le plus grand mal à se faire au climat de mise au pas.

Dans les rues des grandes villes, la cohorte des militants nazis était hétéroclite : des soldats désœuvrés et revanchards, des chômeurs, des aventuriers, des flagorneurs, des bagarreurs, des bandits, mais aussi des bourgeois craignant l'effondrement d'un monde qu'ils avaient cru immuable et l'arrivée des bolcheviques couteau entre les dents… Amers et désireux d'en découdre, presque tous avaient en commun d'être des déclassés. Le régime s'appuyait habilement sur ce ressentiment qui montait du « petit peuple » jusqu'aux notables.

À Berlin, après la révolution nationale-socialiste du printemps 1933, la vie avait repris son cours. Dès le début de l'été, les gens fréquentaient à nouveau les restaurants, allaient au cinéma, au théâtre, se promenaient le dimanche en famille, dans les jardins publics ou le long des avenues. N'en avaient-ils pas le droit ?

Pourtant, en dépit d'une façade encore avenante, un mal insidieux avait atteint les fondations de la maison Allemagne et il les saperait inexorablement : la peur. On redoutait la trahison d'un proche – parent, ami. On craignait d'entendre frapper à la porte en pleine nuit, d'avoir à subir une descente de police, une perquisition, un interrogatoire orchestré par des « hommes en noir » sanglés de cuir… Cette peur prenait une dimension métaphysique et fantasmagorique.

Où que l'on aille, la Gestapo était présente. On avait le sentiment d'être surveillé dans tous ses faits et gestes, comme un insecte sous la loupe d'un entomologiste. Les agents de la police secrète lisaient-ils dans les pensées de leurs concitoyens ? Parvenaient-ils, grâce à un pouvoir aussi diabolique qu'ésotérique, à pénétrer dans les couches profondes de l'inconscient, et dans la « fabrique à rêves » des prévenus qu'ils passaient à la question ?

Andreas espérait un sursaut moral. Que chacun retrouve un peu de dignité. À commencer par lui. Pourquoi s'attarder parmi les dormeurs ?

« Réveille-toi, nom de Dieu ! » avait-il hurlé soudainement, un matin dans son bureau, en martelant lourdement sur le plancher chacun de ces mots. Par chance, personne ne l'avait entendu (au Journal, chacun était fébrilement le nez dans son « papier »). On était expédié dans un camp de concentration pour moins que ça.

11

Le son aigu, intrusif du téléphone interrompit les pensées d'Andreas. Il était presque 10 h 30.

Il ne voulut pas immédiatement répondre.

Comme pour suspendre le temps, il resta encore un instant allongé sur le lit, les yeux au plafond. Il se dit que ses projets de balade étaient fichus. D'autant qu'il ne s'était encore ni douché ni rasé. Tant pis, il se reposerait, puis irait faire une marche au milieu des sapins couverts de neige. Heureuse perspective. Il ne perdrait pas au change. Au détour d'un chemin, il apercevrait peut-être un écureuil ou des oiseaux.

Il y eut une deuxième sonnerie, puis une troisième, et d'autres encore.

Qui cherchait avec autant d'insistance à le joindre ? Certainement pas sa femme. Ils étaient convenus qu'Andreas téléphonerait tous les deux jours, le soir, après les compétitions. Il avait scrupuleusement respecté cet engagement. Par sens du devoir, par routine conjugale aussi. Leurs conversations avaient été rapides, factuelles, plutôt agréables, comme si l'éloignement mettait un peu de baume sur leurs blessures. Agacé par les stridulations des sonneries, Andreas se résolut à décrocher le combiné. Il pressentait qu'il allait au-devant de mauvaises nouvelles, mais avait-il le choix ?

Il eut au téléphone l'employé de la réception de l'établissement hôtelier.

— Monsieur Kuppler… Je craignais que vous ne vous soyez endormi sur votre petit déjeuner. Ou pire, que vous n'ayez eu un malaise à cause du surmenage des Jeux ! Un appel de Berlin pour vous. De grâce, ne raccrochez pas…

Andreas eut à peine le temps de grommeler des remerciements embarrassés. Au bout du fil, Ralph Becker s'impatientait. Sa voix était sombre.

— Andreas, bonjour. Désolé de vous déranger à Garmisch-Parten…

— Non, non, vous ne me dérangez pas du tout. Je suis réveillé depuis longtemps…

— Écoutez, mon vieux, nous avons de gros soucis avec vous.

— Que se passe-t-il ?

— Des hommes de la Gestapo sont venus au Journal tôt ce matin.

— J'ai du mal à vous suivre. En quoi suis-je concerné ?

— Vous vous êtes comporté avec une légèreté insensée ! Que vous donniez de temps à autre des coups de canif dans votre contrat de mariage, quand vous êtes en voyage, c'est votre affaire, mais vous afficher avec cette Susanna Rosenberg, comme vous l'avez fait cette nuit !

— Ralph, vous m'inquiétez avec votre histoire à dormir debout…

— Une histoire très ennuyeuse, dont j'aurais volontiers fait l'économie !

— J'ai effectivement passé la soirée avec des Américains et j'ai esquissé quelques pas de rumba avec une journaliste new-yorkaise, mais rien de plus ! Et je ne comprends pas pourquoi on se mêle de ma vie privée !

— On m'a montré une photo d'elle. Elle est ravissante, vous avez très bon goût, Andreas ! Sauf que votre Susanna est juive et que vous n'avez pas fait que danser avec elle… Avez-vous oublié que baiser une juive peut vous faire déporter ou condamner à la castration ? Le crime de *Rassenschande*, de souillure raciale, cela vous rappelle quelque chose ? Je pense que ni vous ni votre… conquête ne souhaitez une telle mutilation !

Sous le coup de la colère, Ralph pouvait se montrer excessivement blessant et vulgaire. Andreas le savait et, malgré la grande perplexité dans laquelle cet échange le plongeait, il garda son sang-froid.

— Je vous en prie, inutile de tomber dans pareille…

Ralph Becker lui coupa la parole.

— Dans pareille quoi ? Voulez-vous bien me le dire ? Croyez-vous que nous ayons besoin d'être impliqués dans un scandale avec une apatride fouille-merde ? Parce que, selon l'enquête en cours, votre nouvelle amie profiterait depuis des mois de ses reportages pour se livrer à des activités anti-allemandes !

— Vos propos me paraissent insensés… Hier soir, en tout cas, je peux vous assurer que nous n'avons échangé aucun secret d'État. Nous avons juste dansé et chanté avec d'autres confrères.

— D'après le procès-verbal établi par la Gestapo, le problème vient plutôt de ce qui a suivi ! On vous a vu entreprendre cette Susanna aussi loin qu'il soit possible sur une piste de danse avant d'être arrêté pour attentat à la pudeur ! Quant à ce qui a pu se dérouler après, dans l'intimité de votre chambre, on peut l'imaginer… mais rassurez-vous, je ne vais pas être scabreux ! Avez-vous perdu la tête pour passer la nuit avec une youpine ?

La ligne se mit à grésiller. Au lieu de se lancer dans une polémique, Andreas préféra répondre à son patron de façon factuelle :

— Puisqu'il faut que je vous raconte tout par le menu, je suis rentré me coucher à *L'Auberge* un peu éméché, certes, mais seul… Le personnel de l'hôtel pourra l'attester. Depuis quand, Ralph, prenez-vous pour argent comptant les rapports de la police secrète ?

— Répondez-moi franchement : me croyez-vous idiot ou avez-vous perdu la mémoire tant vous étiez ivre ?

— Ce n'était pas malin de faire la fête avec des Américains, je vous l'accorde. Et si je n'avais pas été aussi naïf, j'aurais dû me douter que les journalistes allemands accrédités aux JO étaient surveillés 24 heures sur 24. Mais tout de même, je n'étais pas en train de comploter !

— C'est pourtant le mot qu'ont utilisé les officiers de la police secrète : ils parlent de complot contre la sécurité du Reich, rien de moins !

— C'est absurde…

— Laissez-moi poursuivre ! Savez-vous quel jour nous sommes ?

Andreas ne saisissait pas où Ralph voulait en venir.

— Lundi…, dit-il en levant les yeux au ciel.

— Non, je vous demande la date exacte !

— Eh bien, le 17 février de l'an de grâce 1936 ! À quoi jouez-vous ?

— Nous sommes effectivement le 17. Et pouvez-vous me dire ce que tous les journaux du monde civilisé, tous les postes de TSF annoncent en ce lundi 17 février 1936, lendemain du dimanche 16 ?

— La fin des Jeux d'hiver, j'imagine ! Ça tombe bien, j'y étais, je vous prépare un bel article sur les cérémonies de clôture…

— Andreas, épargnez-moi votre ironie, je ne suis pas d'humeur ! Vous êtes visiblement coupé du reste du monde dans vos montagnes ! Toute la presse annonce la victoire du Front populaire en Espagne – *el Frente popular* – et l'arrivée au pouvoir de Manuel Azaña.

— Et alors, quel lien avec le complot insensé auquel on m'associe ?

— Là-bas, à Madrid ou à Barcelone, je ne sais plus, les anarchistes saccagent tout. Ils brûlent, pillent, violent. Et cela un mois après la proclamation du programme du Front populaire français, dont on dit dans les ambassades qu'il remportera les prochaines élections. Du coup, à Berlin, on voit des bolcheviques partout. Le gouvernement et la Gestapo sont sur les dents et traquent le complot international. Le voilà le lien avec votre affaire !

— Je m'occupe de sport, pas de politique internationale. Je suis journaliste, pas ministre des Affaires étrangères. Et je ne suis ni espagnol ni français, mais citoyen allemand !

— En Allemagne, vous êtes censé le savoir, tout le monde a peur du Soviétique, comme les enfants du loup ou du croque-mitaine…

— Oui, oui, vous avez raison, Ralph. La Semaine sanglante de janvier 19 au cours de laquelle Rosa Luxemburg et consorts ont tenté de faire la révolution communiste à Berlin a laissé des traces, mais…

— Vous voulez dire qu'elle a traumatisé le pays ! D'autant qu'au même moment, profitant du chaos et de la débâcle de notre armée, les Russes tentaient d'envahir les pays baltes… Ils étaient à nos portes. Et croyez-moi, leurs soldats se comportent comme des barbares. Là-bas, sur les bords de la mer Baltique, on ne les a pas oubliés. Et on n'a pas envie de les voir revenir. Viols, éviscérations de femmes enceintes, exécutions d'enfants et de vieillards, profanations de cimetières…

— Tout cela est très juste, sans doute, Ralph, mais en quoi suis-je concerné ? Croyez-vous qu'il soit raisonnable de me déranger à Garmisch…

— Un conseil très amical, Andreas : baissez d'un ton ! Et ne noyez pas le poisson. Avec vous, c'est le Journal tout entier qui risque d'être mouillé, à quelques mois seulement des Jeux d'été dans la capitale, alors qu'il est déjà si difficile d'obtenir les accréditations officielles… Est-ce que vous êtes au moins conscient de la situation dans laquelle vous nous mettez, ici ?

— Je vous en prie, je ne suis pas un enfant…

— Vous n'avez pas l'air de bien comprendre ! Jusqu'à preuve du contraire, c'est moi qui dirige ce quotidien, moi qui dois rendre compte aux autorités, et souvent à Goebbels en personne. Croyez-vous que ce soit une tâche facile ?

— Ralph, je sais tout ce que vous faites…

— N'essayez pas de me passer de la pommade ! Je dois garantir aux gens de la Propagande, chaque jour, pour chaque édition, que nous restons dans la ligne, que nous travaillons correctement. J'engage mon nom, ma réputation et ma responsabilité. Pas une semaine ne s'écoule sans que je ne sois convoqué au ministère pour réparer les erreurs des uns et des autres… Voulez-vous que je vous dise ? Je ne tolérerai plus le moindre dérapage, ni de votre part ni de vos collègues…

— Ralph, s'il vous plaît…

— Cessez de m'interrompre, je n'ai pas terminé ! Je vais aborder un point qui ne me regarde pas, mais je le fais parce que j'ai de l'estime pour vous et pour votre famille : avez-vous pensé à votre femme, au mal que vous lui infligez ? Magdalena est une personne très méritante. Vous n'ignorez pas son dévouement à l'occasion de la précédente campagne du *Winterhilfwerk*[1] et, surtout, au sein de l'organisation La Femme et l'Enfant, qui a le plus grand soutien des autorités. Avez-vous également songé à vos beaux-parents, à leur humiliation s'ils apprenaient la façon dont vous vous comportez avec leur fille ? Joseph Bock est un vétéran couvert de médailles. Il est très actif au sein du Parti et soutient la révolution depuis le début… Croyez-moi, son expérience de soldat de la Grande Guerre nous est précieuse.

— Ralph, je vous en prie, ne mêlez pas ma famille à cette conversation…

— Je disais cela par amitié, simplement pour que vous preniez bien la mesure de la situation, sous tous ses angles…

— Je vous répète que tout ceci est un faux procès !

— Entendu, n'en parlons plus au téléphone. Cela ne sert à rien. Nous allons faire en sorte de calmer le jeu

1. Le « Secours d'hiver ».

avec la Propagande. Et je n'ai aucune intention de révéler vos frasques nocturnes à votre épouse. Mais mettez-y du vôtre ! Je vous apprécie et j'ai encore confiance en vous, mais il va falloir montrer que j'ai raison. Une discussion sérieuse s'impose. Il y a, comment dire, des choses qui ne vont pas dans votre comportement, j'ai eu vent à plusieurs reprises de certaines rumeurs… Demain, quand vous arriverez au Journal, passez voir ma secrétaire, elle organisera un rendez-vous. Je vous en dirai plus à cette occasion. Au revoir et *Heil Hitler !*

12

Andreas tenta de reprendre la parole pour réagir au mot « frasques », mais il n'en eut pas le temps. Ralph avait brusquement raccroché. Le combiné n'émettait plus qu'une sonnerie ininterrompue.

Surréaliste et lourd de menaces, cet entretien avait été un cauchemar. Qui était réellement Susanna Rosenberg ? Il n'avait pas eu le sentiment de serrer dans ses bras une dangereuse intrigante et il avait plutôt confiance en ses intuitions... Et quelles étaient ces « rumeurs » que Ralph venait d'évoquer ? De quoi voulait-il l'entretenir à son retour ?

Outre cette histoire insensée de complot et de liaison, Andreas découvrait, stupéfait, l'engagement politique de sa femme, que Ralph avait loué : « Vous n'ignorez pas son... » Eh bien, si ! Andreas l'ignorait parfaitement ! Il n'avait que vaguement entendu parler de la vocation et des objectifs de La Femme et l'Enfant, cette organisation qui gravitait dans l'orbite du NSDAP, à l'instar de tant de groupes, sous-groupes et groupuscules qui formaient une véritable nébuleuse... Magdalena avait préféré lui cacher son adhésion à ce mouvement. Que diable allait-elle fricoter avec ces bigotes d'un genre nouveau qui priaient matin, midi et soir pour le Führer ? Il ne supportait pas ces apôtres en jupons de la cause aryenne, qui mettaient en commun toutes leurs aigreurs et lui paraissaient plus exaltés encore que les hommes. On les voyait partout à Berlin, tantôt distribuant la soupe aux nécessiteux, tantôt organisant une vente de charité ou quêtant à la sortie des usines et des bureaux. Sous couvert d'activités sociales et humanitaires, elles n'oubliaient jamais de diffuser leurs tracts – des brûlots mal écrits qui prônaient la haine des Juifs, des Tziganes, des homosexuels, des handicapés, des intellectuels... entre autres.

Andreas percevait mieux pourquoi Magdalena avait tenu, quelques semaines auparavant, à installer sur une console, dans l'entrée de leur appartement, un petit autel dédié au dieu vivant qui dirigeait le pays. Il était constitué d'un portrait d'Adolf Hitler posé sur un chevalet en bois, encadré de quatre bougeoirs en étain. L'ensemble était si kitch, c'en était presque touchant. Il avait été tellement surpris par cette initiative que pour masquer son trouble, il avait préféré ironiser :

— Chérie, la photo de notre Führer serait moins sinistre si tu ajoutais des bougies ! Comme ça, c'est atroce, je lui trouve une gueule d'assassin... Mais, avec un joli éclairage, ce sera parfait !

Elle n'avait pas apprécié son commentaire et, dès le lendemain, l'avait pris au mot : en rentrant, il avait découvert l'autel illuminé par quatre cierges blancs, comme ceux qu'on brûle dans les églises.

Andreas s'était dit, pour se rassurer, que son épouse sacrifiait à l'air du temps, que ce type de toquade lui passerait. Il avait dû la vexer ; du coup, elle en rajoutait. L'humour caustique était une arme dont il usait souvent. Peut-être en abusait-il… Mais la toquade ne passait pas. Depuis un bon mois, Magdalena prenait soin chaque jour, à la tombée de la nuit, d'allumer les bougies de son autel. Elle le faisait avec beaucoup de sérieux. Jusqu'aux propos de Ralph, Andreas ne s'en était pas inquiété outre mesure.

Totalement abasourdi, il ressortit sur la terrasse et alluma une cigarette. La météo ne s'était pas trompée : aujourd'hui, il ferait beau, froid et sec. Pourtant, cette journée ne serait pas la parenthèse dont il avait rêvé, au terme de deux semaines harassantes. Il n'avait plus la tête à entreprendre quoi que ce fût. Contempler ces montagnes, dont le soleil dévoilait toute la splendeur, l'aida à atténuer la tension accumulée.

Depuis trois ans maintenant, Andreas luttait contre une effroyable maladie : le nazisme. Des bactéries très agressives avaient attaqué son cerveau. Elles s'y étaient enkystées, altérant ses facultés de jugement et sa volonté. Contre toute attente, il avait résisté. Et depuis quelques jours, il le sentait, il produisait des anticorps en nombre. Son séjour dans les Alpes bavaroises avait précipité un phénomène extrêmement puissant, comparable à ce que les médecins appellent le rejet organique. Connaîtrait-il bientôt un sursaut immunologique décisif qui le sauverait ?

Andreas porta son regard vers la vallée. Elle était désormais nimbée de soleil. À l'heure du zénith, il dardait ses rayons à la verticale. La chaleur et la luminosité étaient presque estivales. Face au paysage grandiose, Andreas éprouva un instant de bonheur. Il se sentit frère des hommes. Chacun poussait son rocher, tel Sisyphe, comme il pouvait, parfois vaille que vaille, dans un monde d'une incommensurable beauté, mais indifférent. Ces précieuses secondes d'empathie émotionnelle, de compassion et d'humanisme le convainquirent soudain que son esprit n'avait pas été totalement phagocyté par le virus national-socialiste. Du moins, pas encore. Cela lui fit du bien et le galvanisa.

Il décida de commander une collation au restaurant de *L'Auberge*. Avec un peu de chance, il pourrait réserver la table du fond à droite qu'il affectionnait parce qu'elle offrait une vue plongeante sur un paysage aux allures de paradis blanc.

13

Magdalena écoutait dans la pénombre le brouhaha continu qui montait d'Unter den Linden. La capitale du Reich était déjà en effervescence. Elle réalisa qu'on était lundi matin. C'en était fini du calme dominical qui s'était installé sur Berlin dès le samedi en milieu de journée après qu'une tempête de neige eût recouvert boulevards et avenues d'une épaisse couche de poudreuse. Une rumeur confuse parvenait jusqu'au cinquième étage ; elle mêlait, au ronflement lancinant des moteurs de voitures, le concert des Klaxons et des claquements de portières. À travers les persiennes filtrait une lueur déjà vive, qui créait au plafond un jeu mystérieux d'ombre et de lumière, une danse fugitive de feux follets.

Mais quelle importance ?

Quand Andreas était en voyage, Magdalena traînait, le matin. Se lever tard l'aidait à remplir le vide de son existence. Elle s'était recroquevillée à une extrémité du lit. C'était devenu sa place au fil du temps, même lorsqu'elle dormait seule. Elle pensa à la journée qui l'attendait. Andreas ne rentrerait de Garmisch-Partenkirchen que le lendemain soir. Elle se décida à regarder le réveil : il était presque 11 heures. Il faisait un temps glacial et le poêle à charbon avait crépité toute la nuit. Elle aimait le confort d'une pièce bien chauffée. Enfant, quand elle habitait en Prusse orientale dans une belle demeure à la campagne, elle avait souvent souffert du froid. Pour ses parents, il ne s'agissait pas d'économiser le bois de chauffage ou le charbon : les Bock vivaient dans une grande aisance. C'était, disaient-ils, une question de « saine discipline ». Une température trop douce aurait ramolli les esprits, incité à l'indolence, à la paresse ou à un vice pire encore. Son père était officier de carrière, de la génération du front de Verdun, et il était parti à la retraite avec le grade de colonel. Du côté de sa mère, les hommes, depuis des siècles et aussi loin qu'on pût remonter dans l'arbre généalogique, embrassaient presque tous la carrière militaire. Les Bock avaient élevé leurs enfants dans le respect de l'ordre, de la rigueur, de l'effort. La grasse-matinée-bien-au-chaud ou le laisser-aller, sous quelque forme que ce soit, ne faisaient pas partie des traditions familiales. Si Magdalena passait maintenant des matinées entières au lit, ce n'était pas par fainéantise, mais parce qu'elle était « malade des nerfs ».

Dans la pénombre, le drap de coton léger qui collait presque à sa peau dessinait les courbes harmonieuses de son corps de parfaite Aryenne : grande, blonde, elle était solidement charpentée, mais avec de belles rondeurs, à la fois douces et fermes. Magdalena se dit qu'elle pouvait être fière de ses fesses et de ses seins magnifiques. Son physique était fait pour l'amour. Les premiers temps, elle se prêtait d'ailleurs de très bonne grâce aux sollicitations fréquentes de son époux. Son éducation catholique l'avait préparée à considérer le sexe, autorisé et sacralisé par le mariage, comme un devoir auquel il ne fallait pas se dérober. Elle n'en avait eu nulle intention tant elle souhaitait très vite porter la vie et tant l'acte lui procurait du plaisir. Elle avait tout de suite éprouvé des orgasmes puissants. Dans ce domaine, au moins, elle n'avait pas de problèmes !

Mais Andreas et elle n'en étaient plus là. Ils étaient convenus de divorcer et leurs ébats devenaient épisodiques et furtifs : après une soirée entre amis, joyeuse et bien arrosée, ou lorsque la nostalgie des débuts les prenait tous les deux, ou tout simplement pour assouvir un besoin physique.

Magdalena souffrait de la déliquescence de son couple. Elle en avait compris le caractère inexorable sans pouvoir s'y résoudre. Quand elle essayait d'analyser froidement les choses, elle ne savait trop ce qui la peinait ou l'inquiétait le plus. Repoussait-elle l'idée de la séparation parce qu'elle marquerait officiellement la fin de leur amour et entérinerait la stérilité de leur union ? Avait-elle peur d'être montrée du doigt à cause de l'infamie sociale que représentait un divorce ?

Redoutait-elle de trahir l'engagement pris devant Dieu ? Ou encore, craignait-elle la perspective d'avoir à affronter tôt ou tard toutes les tracasseries associées à une rupture – quitter leur bel appartement qu'il faudrait vendre, bouleverser son organisation domestique, remplir toutes sortes de documents liés à son changement de statut administratif, et avoir à chercher un travail, ce qui, après toutes ces années passées à la maison, ne serait pas chose facile ?

Magdalena sursauta en entendant la sonnerie du téléphone. Machinalement, elle regarda le réveille-matin : 11 heures 30. Pourtant, Andreas l'avait appelée la veille au soir et lui avait confirmé qu'il comptait partir aujourd'hui en excursion autour de la station. À cette heure, selon le programme qu'il s'était fixé, il devait être à Schachen, à près de deux mille mètres d'altitude, en train de visiter le chalet de Louis II de Bavière.

Quant à ses parents, ils n'auraient jamais téléphoné en fin de matinée. Elle connaissait par cœur leurs habitudes. Il lui paraissait par ailleurs inconcevable que quelque chose de grave ait pu leur arriver. Quoique relativement âgés – son père avait soixante-neuf ans, sa mère soixante-cinq –, ils étaient en bonne santé et, à ses yeux, aussi indestructibles que le roc, pour un certain nombre d'années encore.

Magdalena choisit de ne pas décrocher. Elle se sentait trop mal et préféra rester couchée. Elle aimait sa chambre et l'appartement qu'elle avait décoré seule, Andreas n'en ayant ni le temps ni l'envie. Ce n'était pas un « homme d'intérieur », il ne tenait pas en place. Contrairement à elle.

Être femme au foyer avait longtemps fait sa fierté. Quelques mois seulement après leur union, elle avait renoncé à son métier avec bonheur. Elle partageait avec Andreas un grand projet : être parents d'une famille nombreuse. Elle-même était la petite dernière d'une fratrie de cinq, deux garçons et trois filles. Reproduire ce modèle familial incarnait un idéal de vie.

Au bruit qui s'intensifiait dehors, Magdalena estima que la matinée touchait à sa fin. Et alors ? Qu'avait-elle à faire ? Rien. Comme toujours, son agenda était vide. D'ordinaire – excepté les jours où Andreas était à l'appartement –, elle écoutait la TSF dans son lit toute la matinée. Cela devenait lassant, d'ailleurs. On y entendait sans cesse parler politique : la Rhénanie, encore et toujours la Rhénanie, la situation économique et sociale difficile, le projet de réarmement et de remilitarisation du pays, et ce fichu traité de Versailles qui prétendait tout régenter en Allemagne, Goering par-ci, Goebbels par-là… Ces jours-ci, la grande affaire était l'histoire de ce Juif qui avait assassiné le chef nazi Gustloff à Davos. Elle n'avait pas compris grand-chose à cette histoire. Elle n'y accordait d'ailleurs pas plus d'importance qu'aux Jeux olympiques qu'ils fussent hivernaux ou estivaux ! Des muscles, de la sueur, de belles victoires, de cuisantes défaites, des records à la pelle, des médailles… Quel intérêt ?

Tous aussi amusants que des bonnets de nuit ! Elle n'en pouvait plus de les entendre pérorer.

Si elle avait rejoint La Femme et l'Enfant, préférant d'ailleurs ne pas en toucher mot à Andreas, il n'aurait rien compris, ce n'était surtout pas pour faire de la politique, mais pour apporter de l'aide à ces futures mères célibataires, divorcées ou veuves – peu importaient les raisons de leur solitude et de leur détresse –, ces femmes qui se démenaient seules pour assumer leur grossesse, la venue au monde, puis l'éducation de leur bébé. Le reste, la révolution, le réarmement… elle y adhérait, bien sûr, mais c'était tellement fastidieux… Elle n'arrivait pas à comprendre pourquoi tous les hommes – son mari, son père, ses oncles, ses frères – s'intéressaient tant à la politique. Nazisme, socialisme, bolchevisme, ces noms en « isme » qu'ils lançaient à la cantonade l'épuisaient. En les écoutant, elle n'avait qu'une envie : prendre des cachets pour dormir… Que les nazis nous débarrassent une bonne fois pour toutes des Juifs, en les envoyant au diable ou ailleurs ; que les soldats du Reich entrent en Rhénanie et qu'ils y restent, mais par pitié, qu'on cesse donc d'en parler !

La seule personnalité politique qui trouvait grâce à ses yeux était le Führer. Lui, c'était autre chose : sa voix envoûtante, le don qu'il faisait de sa personne, l'intelligence avec laquelle il construisait l'avenir…

Les Allemands étaient sensibles à son aura, parce qu'il savait leur parler, les émouvoir. Il avait quelque chose en plus, une part de mystère. Ce n'était pas un homme politique comme les autres, mais une sorte de prophète. Un grand patriarche. Elle ne savait comment exprimer ce qu'elle ressentait pour Adolf Hitler et qui la faisait vibrer.

Quand elle passait devant le petit autel qu'elle lui avait consacré dans l'entrée, elle éprouvait une réelle émotion. Elle ne se signait pas, c'eût été offenser Dieu, mais elle regardait son portrait avec un immense respect et une infinie reconnaissance. Qu'ils diffusent donc sur les ondes, en alternance, des discours du Führer et de belles chansons d'amour, au lieu d'assommer les auditeurs avec tous ces programmes rébarbatifs ! C'était pour cela et rien d'autre qu'elle avait tant insisté pour qu'ils achètent un *Volksempfänger*, le poste de radio dernier cri, quelques années auparavant. Pour écouter des mots et des notes de musique qui fassent vibrer le cœur !

14

Après s'être longuement étirée dans le lit, Magdalena éteignit la radio qu'elle n'écoutait pas et préféra réfléchir à sa vie, à son couple. Elle en ressentait le besoin. Elle se savait à la veille de décisions importantes. Pas étonnant que son ménage aille à vau-l'eau : son mari était souvent parti, parfois même à l'étranger, au gré des grandes compétitions sportives. Quand il était à Berlin, il rentrait tard et, après le dîner, se remettait au travail, dans son bureau contigu à leur chambre à coucher. Il écrivait, relisait, corrigeait, téléphonait pendant une heure ou deux. Il lui arrivait même de refaire un saut au Journal, dont le siège n'était pas loin, pour rendre un papier qu'il venait de terminer et veiller à ce qu'on ne le caviarde pas trop, à tout le moins discuter des coupes ou de la mise en page avec Philip Schnabel, le secrétaire de rédaction.

Magdalena n'avait pas toujours souffert du manque de disponibilité de son mari. L'attrait de la nouveauté avait un temps éclipsé ses absences. Elle-même travaillait, au début de leur mariage, comme laborantine dans un centre d'analyses médicales. Son métier la passionnait. Il était la récompense des études qu'elle avait menées avec sérieux et application. Elle disait avec orgueil qu'il exigeait une extrême rigueur et la maîtrise parfaite des concepts de base de biologie et de chimie. Elle était promise à un bel avenir dans cette filière. Les soirs où elle sentait qu'Andreas aurait la patience de l'écouter, elle se plaisait à lui détailler ses journées de travail et à partager avec lui son enthousiasme pour telle technique d'analyse ou tel nouvel appareil électrique. Mais elle savait qu'au fond, ces sujets non seulement ne l'intéressaient pas, mais le révulsaient. Il était toujours question d'urine, de sang, de moelle osseuse, de cellules souches ou de champignons. Et derrière ces mots, qu'y avait-il sinon des maladies plus ou moins infectieuses et contagieuses, et parfois, la mort ? De surcroît, comme nombre d'hommes, Andreas ne supportait pas la vue du sang. Il était légèrement hypocondriaque et préférait résolument le sport, la politique, la littérature ou n'importe quel autre sujet aux histoires d'hématologie ou de bactériologie.

Néanmoins, tous les deux aimaient leur travail et cela assurait un équilibre au sein du couple. Ne leur manquait que le temps d'être ensemble, mais, en cette période de crise, tout le monde considérait que travailler – même beaucoup, même trop – était une chance.

Magdalena avait pourtant pris la décision de démissionner du laboratoire. Le jour de Noël 1931, environ six mois après leur mariage, sa mère, dans l'intimité d'une conversation entre femmes, lui avait demandé à brûle-pourpoint si elle attendait un enfant. Elle avait répondu que non, pas encore… Un peu surprise, Maria Bock lui avait asséné : « Es-tu sûre que tout va bien avec ton mari ? » Malgré la force de la relation qui la liait à sa mère, Magdalena avait trouvé cette intrusion déplacée. Elle avait rougi et changé de sujet.

Mais quelques jours plus tard, quand la douce euphorie des fêtes de la Nativité s'était estompée, en repensant à la question de sa mère, elle l'avait en fin de compte trouvée légitime. Toute femme ayant fondé une famille devait rêver, à partir d'un certain âge, d'être grand-mère, c'était dans l'ordre naturel des choses. Elle s'était à son tour étonnée de ne pas être enceinte. Sa mère, avec le bon sens qu'apportent les années, avait vu juste : il devait y avoir un problème… Le doute ne l'avait plus quittée. Elle s'était efforcée de trouver des explications à cette absence de grossesse. Son travail était sans doute trop prenant, il devait mobiliser une part trop importante de son énergie, empêchant ainsi le bon fonctionnement de ses ovaires.

À la mi-janvier 1932, sa résolution était prise. Elle allait quitter le laboratoire et renoncer à ce qu'il représentait : la petite autonomie financière qu'il lui conférait, un cercle de collègues qu'elle appréciait. Elle se consacrerait désormais corps et âme au seul grand projet qui vaille vraiment dans une vie : fonder une famille. Elle s'était contentée de dire à Andreas qu'elle voulait être une épouse plus disponible. Les tubes à essai, les fioles, les pipettes sérologiques, les flacons de prélèvement, elle pouvait s'en passer. Andreas avait fait part de sa surprise, puis de son soutien. Quant à son patron, il avait accepté la séparation sans sourciller, presque trop facilement au goût de Magdalena.

Après sa démission, Magdalena avait fait en sorte que la vie sexuelle de son couple soit la plus intense qu'il ait jamais connue. Ses orgasmes agissaient comme une drogue anxiolytique apaisant ses craintes d'infertilité. Ils étaient, selon elle, le signe que son corps fonctionnait correctement. Bientôt, Andreas et elle en recueilleraient le fruit. Elle ne pouvait s'empêcher de regretter par moments la dimension trop animale de la jouissance. Mais puisqu'il fallait en passer par là pour donner la vie, pourquoi bouder son plaisir ? Le sien était particulièrement vif.

Magdalena se souvint qu'à l'approche de l'été ses inquiétudes étaient revenues. Ils avaient fêté leur première année de mariage sans l'ombre d'un début de grossesse. Un anniversaire amer. Au dernier moment, elle avait exigé qu'Andreas décommande la table réservée des semaines à l'avance dans un grand restaurant.

Ses troubles émotionnels et nerveux remontaient à cette période. Le regard qu'elle posait sur son mari avait changé. Quand elle s'était ouverte à lui de ses peurs, il avait relativisé, lui avait dit que pour le moment, ils étaient heureux tous les deux. Il ne comprenait rien à sa souffrance et faisait preuve d'un manque de sensibilité, d'une incroyable désinvolture. Elle soupçonnait même Andreas de ne pas vouloir d'enfants et d'être, au fond, soulagé par ce qu'il fallait bien appeler leur problème de stérilité.

Il lui arrivait désormais d'arpenter une à une les pièces de l'appartement en hurlant comme une hystérique (ce qu'elle admettait ensuite) :

— Mon ventre est vide ! Vide ! Débrouille-toi pour me faire un enfant. Je veux un bébé, tu m'entends ? Un bébé !

Après avoir explosé, elle était submergée par une immense tristesse. Elle s'agrippait à Andreas comme à une bouée et lui demandait, en larmes :

— Quelle est ma faute ? De quoi suis-je punie ? Je t'en prie, dis-le-moi ! Pourquoi suis-je maudite ? C'est tellement injuste !

Elle fixait son mari avec un regard fiévreux, guettant la sincérité des mots qu'il emploierait pour lui répondre, quêtant ceux qui pourraient lui insuffler de l'espoir.

Mais Andreas était désemparé. Il se contentait, en la serrant dans ses bras, de murmurer des phrases banales et maladroites. Presque toujours les mêmes, elle en avait honte.

15

Un matin d'octobre, Magdalena avait finalement pris rendez-vous à l'hôpital universitaire de la Charité. Même cette épreuve difficile, elle n'avait pas eu envie de la partager avec Andreas. C'était d'abord son affaire à elle. Le taxi l'avait déposée à l'une des entrées. Elle avait traversé à pied les allées, en prenant son temps, elle était en avance, et surtout morte d'angoisse. Il faisait beau ce jour-là, une sorte d'été indien. Elle avait croisé des groupes d'étudiants enjoués et des médecins, des infirmières en blouse qui semblaient pressées.

Des années plus tôt, lorsqu'elle préparait son diplôme de laborantine, elle avait passé dans ces lieux des heures studieuses mais heureuses : quelle ironie du sort.

Au début de l'hiver, après deux mois d'examens, le verdict avait été rendu. Pas le constat rédhibitoire auquel elle s'était préparée et qu'elle aurait préféré. Leur médecin de famille les avait reçus pour leur communiquer les résultats. Le document de l'hôpital, qui s'étalait sur plusieurs pages, se bornait à émettre, dans ses conclusions, l'hypothèse d'une infécondité de l'un ou de l'autre, sans cause objective identifiée. Embarrassé, le docteur Wulf avait tenté d'en faire le commentaire. Un galimatias qui ressemblait fort à un aveu d'échec ou, pire, d'impuissance :

— À vrai dire, comment le formuler… on ne comprend pas bien ce qui se passe. Malheureusement, mes jeunes amis, cela arrive. La science obstétricale n'est pas parfaite… On ne sait trop, au fond, si l'un de vous a un dysfonctionnement organique. Il est possible que vous soyez tous les deux en pleine forme et qu'il s'agisse d'une incompatibilité… On ne peut pas non plus exclure qu'un beau matin, Magdalena soit enceinte parce que quelque chose se sera débloqué.

Il en ressortait que l'équipe hospitalière de la Charité ne se prononçait pas et n'émettait aucun pronostic pour la suite.

Magdalena avait fondu en larmes dans le bureau du docteur Wulf. Le médecin, habituellement mieux inspiré, avait lâché :

— Madame Kuppler, il ne faut pas réagir ainsi. Vous vous faites bien trop de mal ! Regardez les hommes : il leur est impossible de porter un bébé ; sont-ils pour autant plus malheureux que les femmes ? Non, non, je peux vous l'assurer.

Ces mots, dits sur un ton qui hésitait entre la compassion et une certaine légèreté, l'avaient sidérée par leur indélicatesse qui confinait à la muflerie. Il fallait être un mâle pour jeter pareils propos au visage d'une femme qui ne connaîtrait peut-être pas les joies de la maternité. Elle n'avait pas bronché et s'était contentée de fusiller du regard le goujat qui lui faisait face. Il y avait eu dans ses yeux autant de colère que de mépris. Elle en avait beaucoup voulu à Andreas de ne pas s'être lui aussi indigné. Les deux hommes étaient du même bois, ils devaient se comprendre. Elle s'était sentie terriblement seule pour affronter le drame qu'on venait de lui annoncer : son ventre resterait vide. Et cette vacuité ferait exploser sa vie.

Magdalena s'était efforcée de trouver un sens, une cause à cette tragédie : puisque, lors d'un rapport sexuel, les spermatozoïdes partaient à l'assaut des ovules, comment son mari aurait-il pu se dédouaner ? À bien y réfléchir, la lignée des Bock n'avait jamais connu le moindre cas de stérilité. Au fil des générations, toutes les femmes – sa mère le lui avait souvent raconté – avaient enfanté nombre de beaux bébés prussiens, costauds et racés.

Elle s'était peu à peu convaincue qu'Andreas était le principal, voire le seul, accusé à blâmer. Un jour où elle était particulièrement fatiguée et excédée, elle lui avait lancé :

— Va te faire soigner, mon vieux ! Avant qu'il ne soit trop tard pour notre couple.

Bien entendu, il n'en avait rien fait. Pour lui, comme pour la plupart des hommes, avoir des enfants était d'abord une affaire de femmes : qu'elles s'en débrouillent.

De son côté, bien qu'elle doutât, dorénavant, être la source de leurs maux, elle avait suivi différents traitements et régimes réputés pour leur efficacité contre la stérilité. En vain.

Les années passant, les tensions s'étaient exacerbées, entre non-dits et crises terribles durant lesquelles des propos très durs étaient échangés. Les phases de rémission étaient rares et de courte durée. Magdalena n'avait jamais repris son travail. Elle continuait d'espérer la venue d'un enfant. Et son état dépressif était désormais une seconde nature. Indifférente à tout ce qui n'était pas sa souffrance, elle prenait des médicaments pour tenir, mais son moral ne s'améliorait pas. La nuit, il lui arrivait de rêver qu'elle était entourée de petites têtes blondes. Le jour, elle sortait peu, évitait ses anciennes amies, toutes devenues mères. Elle demeurait prostrée le plus clair de son temps dans leur élégant appartement, sans but ni projet.

Le gouvernement exhortait les femmes à ne pas travailler afin d'enfanter et de s'occuper de leur progéniture. Mme Goebbels, mère exemplaire avec sa famille nombreuse, était un symbole national-socialiste, une sorte de Madone qu'on exhibait dans les magazines à la botte du nouveau régime.

Magdalena adorait lire des articles retraçant la belle saga de cette héroïne. Mais chaque photo la montrant radieuse au milieu des siens semblait stigmatiser la monstrueuse anormalité du couple Kuppler.

Lorsqu'enfin, elle se décidait à sortir, elle sillonnait les rues dans un état second proche du somnambulisme, se rendait dans les jardins publics, à la sortie des crèches ou des écoles pour voir des bambins gambader autour de leur maman. Elle ne comprenait pas pourquoi ce bonheur lui était refusé. Elle crut un temps que la folie la guettait.

Elle était descendue plusieurs fois sur les berges de la Spree avec l'idée d'en finir. C'eût été rapide car elle ne savait pas nager. Chaque fois, sa morale et sa foi l'avaient empêchée, au dernier moment, de se donner la mort. Elle refusait de faire souffrir ses parents. Ils étaient fiers d'elle et l'aimaient, elle n'avait pas le droit de leur faire cela.

L'espoir ténu qu'un jour elle serait féconde la maintenait aussi en vie. Il lui arrivait, après avoir fait l'amour avec Andreas, surtout si elle avait eu plusieurs orgasmes, de se persuader qu'il y avait un lien entre le niveau de sa jouissance et la réceptivité de ses ovaires. Quand son plaisir atteignait une intensité telle que son corps était pris de spasmes et son cerveau inondé d'une lumière blanche, elle y voyait le signe d'un début de fécondation. Il lui paraissait alors urgent de préparer l'arrivée de Bébé. Elle se replongeait dans *La Mère allemande et son Premier Enfant*, l'ouvrage de puériculture de référence.

L'auteur, Johanna Haarer, y donnait tous les conseils utiles aux jeunes mamans. Dans ces moments d'excessive euphorie, Magadalena passait des heures à faire des listes de tout ce qu'Andreas et elle auraient à entreprendre avant la naissance de « leur premier enfant » (mon Dieu, que ces trois mots lui étaient doux !) : aménager sa chambre, acheter de la layette, un berceau, un landau, se rendre à la paroisse afin de préparer le baptême. Se livrer à cet exercice, même pour la énième fois, la libérait d'une partie de ses peurs.

Avoir un ventre rond, allaiter, connaître des nuits d'insomnie et d'inquiétude, s'ébahir du premier sourire, du premier mot, du premier pas de chacun de ses petits… Elle n'aspirait à rien d'autre.

Cette phase d'excitation ne durait pas. Après l'exquise période de l'attente, lorsque aucune grossesse ne se confirmait, la rechute était violente. Ses nerfs se détraquaient de nouveau, elle s'en cognait la tête contre les murs, presque à la faire éclater. Ensuite, le même cycle infernal reprenait, affligeant, désespérant. Dans son immeuble, Magdalena connaissait une femme guère plus âgée qu'elle, déjà mère de quatre garçons. Elle ne semblait même pas abîmée par ses grossesses successives et rayonnait au milieu de ses « petits bonhommes » qui lui avaient valu, du Reich reconnaissant d'être décorée de la croix en bronze. Elle l'épinglait fièrement sur le revers de sa veste de tailleur quand elle partait faire ses courses. Elle pouvait espérer avoir, avant la quarantaine fatidique, une famille d'au moins huit têtes blondes, qui lui donnerait accès à la reconnaissance suprême : la croix en or. Lorsque Magdalena croisait, dans l'ascenseur ou le hall d'entrée, cette jolie voisine elle la saluait en évitant de porter son regard sur la petite décoration de métal. C'était trop douloureux. Et tellement injuste ! »

16

Magdalena regarda sa montre. Les aiguilles marquaient 13 h 10. Elle ne pouvait pas rester couchée et laisser filer la journée. Elle se leva et se dirigea vers la coiffeuse Art déco.

Chaque soir, après avoir avalé un somnifère, elle y déposait un cocktail prescrit par le docteur Wulf, qui l'aiderait le lendemain à se réveiller en forme. Tous ces médicaments avaient quelques effets secondaires, mais ils neutralisaient ses angoisses.

Elle traversa l'appartement en chemise de nuit et nu-pieds. Depuis quelque temps, elle ne commençait sa journée qu'après une prière au Führer, agenouillée devant le petit autel aménagé dans l'entrée. Il était entouré de brûle-parfums, décoré de fleurs et éclairé par des bougies. Son mari le trouvait « d'un kitch inégalable ». Mais il était à son goût à elle. Il allait bien avec son côté *blaue Blume…* « Fleur bleue » à la Novalis. C'était bien ainsi qu'elle se percevait : naïve et sentimentale. Quand elle avait parlé à l'abbé Höhn de ce culte domestique, lui ne s'était pas offusqué. Il l'avait même félicitée, lui promettant qu'un prochain dimanche, du haut de sa chaire lors de la messe dominicale, il citerait ce bel exemple de patriotisme chrétien, sans la nommer, car un bon catholique devait rester humble et discret, et ne jamais tirer gloriole d'avoir fait le bien. Magdalena songea qu'avec les JO, le Führer rendait sa fierté au peuple allemand. Tel Moïse sur la montagne pointant la Terre promise, du haut de sa tribune olympique, d'un geste de la main, il dessinait pour demain les contours du Royaume…

Elle ne s'intéressait pas à la compétition sportive, mais sa *nationalistische Faser*[1] était très sensible, comme chez presque tous les Allemands. Peut-être parce que l'unification du pays était récente. Elle ne remontait qu'à la génération de leurs grands-parents.

Après son rapide exercice spirituel (elle le considérait comme tel), Magdalena rejoignit la salle de bains. L'eau très chaude de la douche lui fit du bien. Elle se frictionna. La vapeur montait dans la cabine, une chaleur à peine soutenable y régnait, comme dans un sauna finlandais. Magdalena aimait y rester longtemps, à entendre l'eau couler, sans penser à rien. Elle s'y détendait, s'y sentait protégée. Quand elle se décida à fermer le robinet, les murs de la pièce étaient humides, le miroir embué. Elle s'essuya machinalement, enfila son peignoir, se sécha les cheveux.

Se doucher lui rappela son séjour à Sylt à l'été 1934 avec son mari. Plutôt que de laisser ce souvenir filer

1. « Fibre patriotique ».

dans le flot de ses divagations, elle eut envie de le retenir un moment. Cet été-là, Andreas l'avait initiée à des plaisirs nouveaux et raffinés dont elle n'aurait jamais eu l'idée auparavant, transformant une simple corvée quotidienne d'hygiène corporelle en une expérience érotique.

Après un peu plus de trois années de mariage et déjà bien des difficultés, leur relation avait connu une courte embellie et sa maladie nerveuse une brève rémission. Andreas disposait pour une fois de quinze jours de congés et Magdalena l'avait convaincu qu'une virée sur l'île de Sylt leur ferait le plus grand bien. Ils pourraient profiter de la fraîcheur insulaire, se gorger d'iode et surtout s'éloigner de la capitale dont l'atmosphère était irrespirable pendant les fortes chaleurs.

Une journée pluvieuse du mois de mars, l'employé d'une agence de voyages du quartier qui distribuait des prospectus sur Unter den Linden lui avait remis une publicité vantant les mérites de Sylt, « La perle des îles Frisonnes », illustrée par la photographie d'un phare rouge et blanc emblématique de l'endroit. Magdalena avait une vision romantique de ces îles de la mer du Nord, sans y être jamais allée. Le soir même, elle avait lancé à Andreas :

— Et si nous partions à Sylt cet été ? Deux semaines rien que toi et moi !

Elle était alors dans une de ses phases d'optimisme à toute épreuve, et le nouveau médicament qu'on lui avait prescrit semblait réguler plus efficacement ses humeurs. À son grand étonnement, son mari avait accepté immédiatement. Elle avait réservé leur séjour dès le lendemain, craignant que l'un des deux ne changeât d'avis. Elle s'était prise à espérer que ces vacances sauveraient leur union.

Tout au long du printemps, ils avaient évoqué le voyage à Sylt comme un symbole de leur amour encore vivant. Puisqu'ils imaginaient déjà « leur île », ils pouvaient encore partager le même rêve, envisager un avenir ensemble…

Le 1er août, ils avaient pris le bateau à Cuxhaven, un petit port sur la côte nord de l'Allemagne. Magdalena ne concevait pas autrement l'escapade dont elle avait rêvé : un beau matin d'été, ils embarqueraient à bord de l'une de ces navettes qui desservaient le port d'Hörnum. Cela aurait plus de charme que d'arriver à Sylt en train, comme tous les voyageurs pressés, ou en voiture par la digue qui la reliait au continent.

Un peu avant d'accoster, en apercevant la pointe sud de l'île, Magdalena avait été saisie d'une impression de déjà-vu. Rien d'étonnant après des mois à préparer ce séjour, compulsant guides et récits de voyage. Dans son esprit, le lieu, avant même qu'ils n'en aient foulé le sol, était devenu familier.

Sylt ne les avait pas déçus.

Ils avaient loué une maison traditionnelle en brique rouge et au toit de chaume, bien isolée sur la lande. Elle surplombait les dunes de Rantum, un endroit sauvage, fouetté par les embruns. L'île s'étirait du nord au sud comme un brise-lames. Seules quelques centaines de mètres séparaient les rivages de l'Ouest, exposés aux vents et aux marées, de ceux de l'Est s'ouvrant sur la *Wattenmeer*, une petite lagune. Où que l'on fût, on apercevait la mer, on la sentait, on entendait son grondement sourd. Leur chambre à l'étage disposait d'une grande baie vitrée. Dès leur arrivée, Magdalena s'était précipitée pour ouvrir les fenêtres et respirer à pleins poumons l'air marin.

Était-ce l'effet du vent, de la mer, du repos ? La première semaine sur cette île frisonne, ils n'avaient cessé de faire l'amour et son plaisir avait été encore plus intense qu'à Berlin. Elle s'était complètement abandonnée, criant au lieu de se contenir, acceptant des positions peu orthodoxes, des gestes qu'elle jugeait jusqu'alors tabous et qu'elle ne s'était jamais autorisés. Le lit n'avait plus suffi à leurs ébats. Chaque matin, après l'avoir entraînée dans la cabine de douche, Andreas l'enduisait longuement d'huiles et ses doigts glissaient délicieusement sur elle, en elle. Puis il la plaquait contre les parois couvertes de buée. Sous l'eau presque brûlante, les assauts de son mari étaient plus ardents qu'à l'accoutumée ; quelle que fût la posture, elle l'accueillait avec volupté, même si elle faisait par moments mine de résister. Ils n'étaient plus que deux étranges silhouettes qui se confondaient dans les volutes de vapeur, le souffle court à cause de l'air chaud saturé d'humidité. Soudain, une onde violente montait en elle, se propageait de son bas-ventre vers sa poitrine, jusqu'à son cerveau où elle se fracassait. Magdalena perdait alors toute notion du temps, elle atteignait un état de grâce. Puis la vague se retirait, longue et douce au reflux.

Elle avait découvert que la jouissance peut être violente, extrême, et vous emporter, étonnée d'y avoir pris goût. La transgression étant si étrangère à son caractère (du moins le croyait-elle à l'époque). L'accouchement donnait-il aux femmes un sentiment d'ivresse et d'étourdissement comparable à celui qu'elle éprouvait lors de ces expériences amoureuses ? Dans son ventre s'épanouissait une impression de plénitude, comme si un bébé était en train de s'y lover.

Le jour de leur arrivée, ils avaient réservé sur une plage deux *Strandkörbe*, des fauteuils en forme de corbeille, typiques de ces rivages, qui permettaient de s'abriter du vent. Un peu avant midi, ils avaient cheminé en tenue de bain, jusqu'au rivage. L'immensité de la mer les émerveillait. Elle était d'un bleu de fin d'été, cendré, presque métallique. Ce jour-là, les flots moutonnaient et leur surface était recouverte d'écume.

— Regarde, Magda ! On dirait *Les Hébrides* de Mendelssohn avec les ondulations des cordes, s'était écrié Andreas.

— Oui, pour traduire la musique des vagues ! lui avait-elle répondu, saisissant immédiatement ce que voulait exprimer son mari mélomane parce qu'elle-même était musicienne à ses heures.

Il avait certainement cet opus romantique dans la tête.

Ils ne s'étaient pas baignés, mais ils avaient trempé leurs pieds dans l'eau et, bien qu'elle fût glacée, marché longtemps en avançant à pas mesurés et en tentant de s'approcher des oiseaux marins qui se posaient délicatement dans le creux des vagues venant mourir le long du rivage.

Ils étaient remontés, main dans la main, en prenant tout leur temps, jusqu'aux dunes, où se trouvaient leurs vélos et leurs sacs à dos. Ils s'étaient séchés et rhabillés. La mer avait déjà changé de couleur. Son bleu était désormais plus intense. Presque indigo. Mis en appétit par l'exercice physique, ils avaient pris leur collation. Sitôt la dernière bouchée avalée, Magdalena s'était étendue sur le sable chaud. Éclaboussée par la lumière d'un soleil encore plein d'ardeur au zénith, elle s'était efforcée un moment de résister au sommeil qui la gagnait, voulant savourer chaque seconde. Mais bercée par la mélodie de la mer, elle avait fermé les yeux et lâché prise. Andreas s'était endormi à son côté. L'après-midi, les cris stridents des goélands argentés les avaient réveillés. Ils étaient restés allongés dans un état second, cotonneux, avec des pensées flottantes proches du rêve. Ils ne s'étaient pas dévêtus. L'air était vif. Andreas lui avait parlé de sa passion pour le jazz et le blues. Elle n'y entendait pas grand-chose. Mais habituellement, elle soutenait les nazis qui tiraient à boulets rouges sur ces « musiques de nègres ». Ce jour-là, elle avait pourtant aimé les mots qu'Andreas utilisait pour évoquer ses morceaux préférés. Il y avait de la poésie et beaucoup d'émotion retenue dans ses phrases.

Le soir, avant de repartir, ils avaient profité de l'heure embrasée pour regarder longuement *die Nordsee*[1], apaisée, se teinter de pourpre, puis scintiller de millions de paillettes, telles des poussières d'étoiles. Sur la ligne d'horizon, ils avaient vu soudain trois soleils parallèles. Cette vision partagée était-elle un mirage ? Ou un miracle, le fruit de l'amour retrouvé ? Magdalena y avait vu un bel augure. Andreas lui avait expliqué le phénomène des « soleils fantômes » de façon très rationnelle : il s'agissait d'un photométéore, un effet visuel de halo solaire quand certaines conditions étaient réunies… un peu comme pour les arcs-en-ciel. Elle n'avait pas vraiment écouté ses arguments, préférant rester dans la magie de l'instant.

En rentrant, avant le dîner, prête pour les jeux de l'amour, elle avait fixé Andreas du regard et s'était contentée d'un seul mot chargé d'émotion : « Montons. » Ils avaient rejoint la chambre. Elle s'était dévêtue rapidement et glissée nue dans le grand lit, offrant à Andreas, agenouillée comme en prière, les chemins de ses reins.

---

1. La mer du Nord.

Le lendemain, le temps était encore au beau. Idéal pour faire du pédalo sur la *Wattenmeer*, à l'abri des déferlantes. Des phoques se prélassaient sur le rivage. Des nuées de mouettes tournoyaient au-dessus des eaux saumâtres, et Magdalena s'amusait à imiter leurs cris.

Les jours suivants, sous un soleil pâlot, ils avaient entrepris à vélo la découverte de l'île. La température était optimale pour enrouler les kilomètres. Un vent de mer venu du nord-ouest fouettait agréablement le visage. La bicyclette semblait avoir été conçue pour ce plat pays insulaire aux confins des terres germaniques, baltes et scandinaves. Leurs engins étaient équipés à l'avant d'une malle en rotin avec couvercle, fixée sur le porte-bagages, dans laquelle on pouvait glisser pique-nique, maillot de bain et serviette. Magdalena et Andreas s'octroyaient de longues haltes, au cours desquelles ils cheminaient sur les plages, au bord de l'eau ou sur la crête des dunes, parcouraient la lande, ramassaient des crabes et des coquillages dans les présalés, pataugeaient dans les flaques gorgées de sel en riant comme des adolescents. Ils n'avaient pas manqué d'aller au nord de Wenningstedt, pour admirer les falaises rouges et le phare d'Hörnum. Magdalena avait tenu, malgré son vertige, à gravir les cent quinze marches de l'escalier en colimaçon permettant d'accéder à la galerie extérieure. De là-haut, ils avaient contemplé Sylt comme vue du ciel et au loin, posées sur la mer immense, les îles d'Amrum et de Föhr où ils iraient un jour.

— Oui, promets-le-moi, Andreas ! avait-elle supplié en le regardant tendrement.

Et il avait promis.

Le soir, ils allaient déguster des spécialités de poisson dans des estaminets où se retrouvaient les pêcheurs du coin – yeux délavés, visage buriné, bonnet de laine rivé sur la tête même à table – qui discutaient en sölring, un étrange dialecte frison, dérivé du danois, du néerlandais et de l'anglais. Ce patois avait des intonations germaniques et comportait quelques mots allemands. Ni Andreas ni Magdalena ne parvenaient à le comprendre, ce qui accentuait encore leur impression d'être au bout du monde.

Lorsqu'ils rejoignaient leur petite maison, la nuit tombait. Ils faisaient un feu dans la cheminée et ils écoutaient encore et encore le bruit de la mer, échangeaient quelques mots, lisaient. Enfin, ils montaient se coucher et Andreas la prenait avec beaucoup de délicatesse, créant un subtil contraste avec les séances presque animales du matin, et provoquant chez elle des embrasements plus longs, plus doux. Il la faisait jouir, tandis que le vent du nord sifflait sur les dunes.

Sur cette bande de terre la plus septentrionale du pays, aux confins du Danemark, le temps pour eux s'était arrêté et ils étaient à nouveau heureux.

Dès le 2 août, en écoutant la TSF, ils avaient appris la mort d'Hindenburg, le vieux sage du Reich. Le commentateur s'était réjoui que la relève fût assurée :

Adolf Hitler héritait des pleins pouvoirs, il cumulerait désormais les fonctions de président et de chancelier. Une consécration ô combien méritée quelques semaines seulement après que le Führer eut mis au pas les SA et fait exécuter courageusement ce pédéraste de Röhm et toute sa clique, qui avait trahi l'Allemagne et trempé dans différents scandales.

Magdalena avait proposé à Andreas de porter un toast. Son époux avait joué le jeu sans enthousiasme et ouvert une bouteille de vin blanc de Bavière achetée la veille sur l'île en prévision d'une soirée en amoureux. Ils avaient levé leurs verres, les yeux dans les yeux, et Andreas s'était écrié :

— *Prosit !* Vive l'Allemagne !

Un peu contrariée qu'il n'ait pas salué Adolf Hitler à cette occasion, Magdalena avait quand même apprécié cet instant d'euphorie patriotique.

Une fin d'après-midi, alors qu'ils se promenaient dans les rues de Westerland, la capitale de l'île, une station balnéaire à la mode et pleine de charme, ils avaient aperçu, à la terrasse d'un café, un musicien ajustant sa trompette. Il s'apprêtait à jouer. Ils s'étaient dirigés vers l'établissement devant lequel se trouvait le trompettiste. L'homme avait dit quelques phrases en allemand, avec un fort accent américain. Magdalena ne se souvenait plus mot pour mot de son message adressé aux gens qui consommaient leur bière en terrasse, mais cela parlait de paix et de fraternité. Dès les premières notes de *Saint-Louis Blues*, Andreas avait été subjugué. Il s'agissait d'un standard, certes, mais cette interprétation était selon lui remarquable.

Sur le chemin du retour à bicyclette, Andreas avait poussé de la voix en égrenant, joyeusement, *Saint-Louis Blues*.

Il adorait ce morceau de Louis Armstrong, vibrant d'énergie, dont il connaissait par cœur, non seulement la partition musicale, mais aussi les paroles :

I'll pack my trunk and make my get-away!

Tel était le refrain qu'il répétait en boucle, à s'en griser, tout le long du trajet qui les ramenait à leur chaumière sur la lande. Une façon musicale de dire à la terre entière : « Vive la mer et la liberté ! Advienne que pourra ! » Cette chanson était, selon lui, terriblement *hot* et *swing* – idéal quand on donne des coups de pédale.

I'll pack my trunk and make my get-away!

Magdalena n'avait pas osé dire à son mari combien cette mélodie typiquement nègre la révulsait.

I'll pack my trunk and make my get-away!

Encore un coup de pédalier. Puis un autre. Et un autre encore ! Qui les aurait vus passer, au loin sur la lande, aurait songé : *Voilà un couple heureux !*

Leur séjour à Sylt avait connu un tournant abrupt à la fin de la première semaine. Elle seule était la cause du gâchis qui avait suivi. Elle, ou plutôt : ses démons. Ils l'avaient retrouvée et ne la lâcheraient plus.

Le dimanche, ils étaient retournés pour la journée à Westerland. Après la messe dans la vieille église du village et un déjeuner dans un bon restaurant, ils s'étaient baladés à pied sur la magnifique promenade qui longeait le rivage. Il fallait en profiter : le temps était radieux, mais on disait que ça ne durerait pas. Ils avaient flâné longtemps en admirant la mer, les voiliers, les pédalos et les jeunes gens qui jouaient au ballon sur la plage. Une foule élégante, mais décontractée mêlait insulaires et touristes. Les femmes étaient habillées de coton vaporeux, certaines tenant des ombrelles, les hommes vêtus de costumes ou de bermudas et de vestes de lin écru, arborant presque tous des chapeaux, souvent des panamas, pour se protéger du soleil. Parmi eux, certains s'empressaient de finir leur glace qui fondait rapidement au soleil. Malgré la mort du maréchal, on n'avait pas renoncé à faire flotter, tout au long du front de mer, des drapeaux à croix gammée.

Alors qu'ils longeaient les terrasses des brasseries, Andreas avait proposé qu'ils s'arrêtent dans l'une d'elles. Elle se souvenait qu'ils avaient tous les deux pris une *Berliner Weisse mit Schuss*, cette bière d'été typique de la capitale qu'on trouvait partout désormais, légèrement trouble, accompagnée d'un sirop de framboise qui lui donnait de la douceur.

Toute la station avait un air de fête.

Soudain, Magdalena avait aperçu sur la plage un groupe d'enfants qui jouaient au cerf-volant, dos au vent du nord. Ils étaient cinq – quatre garçons et une fille, entre six et douze ans – et regardaient, émerveillés, leurs losanges de couleur naviguer dans le ciel. Chacun s'efforçait de bien tenir la poignée commandant les fils. Ils donnaient de petits coups secs pour piloter et tenter des figures, couraient, riaient, hurlaient, ivres du bonheur de maîtriser un instant le vent. Elle les avait longuement observés : il y avait de la lumière dans leurs yeux. Elle leur avait crié, émue :

— Bravo, les enfants !

Elle s'était brusquement tournée vers Andreas, l'air hagard, un pli d'amertume au coin des lèvres, et avait murmuré :

— Maintenant, je voudrais rentrer, c'est insupportable.

Il lui avait posé une question stupide :

— Que t'arrive-t-il ?

Il ne comprenait décidément rien.

Mais peut-être lui en demandait-elle trop ? Un homme peut-il comprendre ces choses-là ?

Ils étaient partis. Sans rien se dire, sans se toucher, sans échanger un regard. Quand ils étaient arrivés à la maison sur les dunes, le temps virait à l'orage. Elle avait saisi ce prétexte pour clore toutes les fenêtres. Puis elle était montée à l'étage. Andreas ne l'avait pas revue de la soirée. Le lendemain, elle voulait rentrer à Berlin. Ils étaient finalement restés, mais elle avait augmenté ses doses de neuroleptiques et passé la deuxième semaine tel un mort-vivant, calfeutrée la plupart du temps dans leur chambre, laissant Andreas se promener seul.

En écho à cette morosité, la pluie s'était installée, la température avait fraîchi et la lumière était devenue automnale. Ne supportant pas d'être confiné dans leur location – désormais trop petite, inconfortable –, Andreas, équipé de bottes et d'un imperméable de marin à capuche, partait chaque jour des heures entières cheminer sur la lande et le bord de mer. Lorsqu'il rentrait, il semblait revigoré, jetait quelques bûches dans la cheminée du rez-de-chaussée et se servait un whisky. Il lui proposait un verre et, invariablement, elle lui répondait – agacée qu'il persiste à la solliciter – que l'alcool était incompatible avec sa brusque rechute et son traitement. Magdalena mettait les escapades et le comportement d'Andreas sur le compte de l'égoïsme et du manque de sensibilité de la gent masculine. Longtemps, elle avait rêvé d'un nid douillet rempli de petits poussins piaillant, impatients d'avoir la becquée. Elle les aurait couvés, dorlotés, jusqu'à ce qu'ils prennent leur envol, les uns après les autres. La réalité avait fracassé son projet d'une belle tribu familiale. Elle n'aurait su dire pourquoi, mais l'épisode des cerfs-volants lui avait soudain ouvert les yeux : ces enfants jouant avec le vent auraient dû être les siens. Elle serait bientôt trop vieille pour être mère. À quoi s'accrocher à présent pour garder le plus infime espoir ?

Ainsi s'était terminé leur « périple en amoureux » sur la plus fameuse des îles de la Frise.

17

Magdalena tournait en boucle autour de sa névrose, cause de tous ses maux. Sa dépression, ses errements échappaient à Andreas (du moins en avait-elle la conviction). Pourtant, elle estimait avoir tout sacrifié pour lui.

Il est vrai qu'elle avait cessé de travailler. D'abord pour elle-même, afin de combler au plus vite son désir de maternité ; mais aussi pour son mari, pour l'équilibre, la sérénité de leur couple. Si elle avait poursuivi son métier de laborantine, elle aurait pu faire carrière au sein des programmes de recherche mis en œuvre par les nazis pour améliorer la santé physique et mentale des Allemands. Que lui avait offert Andreas en retour ? Un appartement luxueux et sinistre dans lequel, seule en ce lundi 17 février, elle se morfondait, comme tous les autres jours.

Il serait bientôt 14 h 30. Elle se résolut à s'installer sur un coin de table dans la cuisine pour avaler quelque chose. Ces derniers temps, elle n'avait pas d'appétit.

Était-ce l'effet des médicaments qu'elle ingurgitait ? Andreas lui reprochait de sauter des repas, il disait que ça ne l'aiderait pas à remonter la pente. De fait, elle avait retrouvé son poids d'adolescente. Alors qu'elle trempait une tartine de *Vollkornbrot* dans son café au lait, le téléphone sonna de nouveau, aussi insistant qu'en début de matinée. Était-il arrivé quelque chose à ses parents, ou à Andreas ? Ou bien était-ce… Elle n'osa pas formuler, même mentalement, le prénom de l'homme auquel elle pensait. Elle ne voulut pas répondre, elle n'avait pas encore l'esprit assez clair (elle comptait pour cela sur le café).

La sonnerie du téléphone retentit une fois de plus. Ces tentatives réitérées commencèrent à l'inquiéter. Elle hésita un instant, mais n'eut pas le courage de décrocher. Elle porta à sa bouche la tranche moelleuse mais dense de ce pain noir au grain entier qu'elle adorait. Il était fait d'un mélange de seigle et de blé, texture qui évoquait un peu le pain d'épice. Outre son goût, elle appréciait les vertus coupe-faim du *Vollkornbrot*. Il calait vite et bien, et cela lui convenait : seule, elle n'aimait ni cuisiner ni s'éterniser à table.

Magdalena organisa son programme de l'après-midi. Elle irait bientôt faire quelques courses dans le quartier. Elle n'avait pas le cœur à plus. Et quand elle rentrerait, elle aurait le sentiment qu'enfin la journée était consommée.

Le docteur Wulf, toujours prompt à faire la leçon alors qu'on le payait seulement pour la soigner, lui serinait qu'un tel mode de vie n'était bon ni pour le physique ni pour le moral, et qu'il fallait qu'elle « se secoue un peu les plumes ».

18

Après avoir déjeuné au restaurant de *L'Auberge*, Andreas s'installa dans le salon pour y fumer un cigare L'horloge marquait 14 h 50. Il ne regrettait pas d'avoir renoncé à son projet d'excursion à Schachen. Les JO l'avaient épuisé. Il avait besoin de calme. Il s'amusa à souffler dans l'air des volutes bleues en observant, hypnotisé, le foyer de la cheminée où deux grosses bûches de sapin se consumaient.

Ce moment de détente lui rappela – mais douloureusement – les fins de repas dominicaux chez ses beaux-parents quand les hommes passaient au fumoir pour y écluser à la hussarde – dans une pièce saturée d'une fumée âcre – plusieurs verres de digestif. Dans l'inventaire de ses compromissions, il ne pouvait manquer de penser aux relations qu'il entretenait avec Joseph et Maria Bock.

Elles n'étaient ni à son avantage ni à son honneur. Depuis son mariage, il avait le sentiment de passer trop souvent sous leurs fourches caudines. Ne voulant pas peiner Magda, il acceptait de déjeuner chez eux presque tous les dimanches. Les rares désistements qu'il s'autorisait étaient liés à une obligation professionnelle. Les frères et sœurs de sa femme et leurs conjoints respectifs, qui résidaient tous assez loin de Berlin, s'en tiraient mieux ; ils parvenaient la plupart du temps à échapper à ce qu'Andreas vivait comme un pensum. Cela lui pesait tant qu'il avait fini par exécrer les week-ends. Tout l'insupportait chez les Bock. Ils étaient l'incarnation de cette vieille bourgeoisie catholique, donneuse de leçons, intransigeante sur la morale et les principes, mais qui s'était compromise avec les nazis au point d'en être devenue le fer de lance.

Le rituel dominical était immuable. Au retour de la messe, les hommes se devaient d'ingurgiter deux ou trois verres de schnaps en portant un toast à la nation, au Führer ou au drapeau allemand. Le dernier verre s'avalait cul sec, Joseph Bock y tenait, sinon il se serait vexé. Puis on passait à table. Comme on sortait de l'église, son beau-père se contentait de se signer sobrement en marmonnant une formule expéditive. Toujours la même : « Seigneur, bénissez ce repas. Amen. » Tous l'imitaient. Après les entrées, il découpait les viandes en patriarche conscient de ses responsabilités : impérial et suffisant, comme en mission. Immense et massif, avec ses cheveux aux reflets argentés, ses yeux bleu vif, son visage barré d'une épaisse moustache, il ne manquait pas d'allure, même si elle était guindée et un peu démodée. Il en imposait et ses rodomontades incessantes en faisaient un personnage haut en couleur qu'on remarquait. Au cours du déjeuner qui s'éternisait, il palabrait tout en s'empiffrant et en buvant plus que de raison, tandis que son épouse, admirative et soumise, servait les uns et les autres, sans vraiment participer à la conversation. Pour ce qui était du rôle et de la place réservés aux femmes au sein de la famille, Joseph Bock ne manquait jamais une occasion de citer sa devise préférée, inventée par le *Kaiser* Guillaume II et reprise par les nationaux-socialistes : *Kinder, Küche, Kirche* – les trois K : les enfants, la cuisine, l'église !

Vaniteux comme un paon, Joseph Bock adorait évoquer ses exploits que chacun connaissait déjà par cœur, exhiber ses médailles et sa broche aux épées croisées d'ancien combattant. Gravement blessé en 1917, il avait payé un lourd tribut et n'avait de leçon à recevoir de personne ! Tandis que les domestiques s'activaient, mais dans la discrétion qui convient à une maison de maître – presque en sourdine –, Joseph Bock, lui, au contraire, tonitruait et gesticulait. Tempêter était dans sa nature. Mais quels que fussent les détours de ses élucubrations, il finissait toujours par citer le livre des livres, la référence suprême, celle qui, selon lui, avait détrôné l'Ancien et le Nouveau Testament : *Mein Kampf* (quand il osait ce blasphème, son épouse approuvait du regard, mais se signait). Il rappelait qu'Adolf Hitler avait écrit cet ouvrage de combat dans sa cellule de la prison de Landsberg, après le putsch manqué de Munich, dactylographiant lui-même une partie du texte sur sa Remington. Il entendait par là que le harangueur des brasseries – certes un peu vulgaire et démagogue – avait fait le sacrifice de neuf mois de sa vie, passés à l'enfermement. Il méritait le respect des Allemands.

La belle-mère d'Andreas, ultra-catholique pincée, parvenait quand même à placer quelques mots lors de ces tablées dominicales. Elle profitait d'une inflexion dans la conversation, quand un sujet était épuisé et avant qu'on n'attaque le suivant, ou de la minute consentie par son mari lorsqu'il engloutissait un morceau de viande ou qu'il buvait goulûment son verre de bière. Avec son chignon, sa silhouette frêle, sa taille modeste et ses souliers plats, son absence de maquillage, ses vêtements de bonne coupe mais uniformément gris, noirs ou blancs, elle cultivait un style austère, voire étriqué. Elle accordait beaucoup d'importance à tout ce qui était « respectable », à commencer par l'Église et la nation. Et elle n'appréciait pas plus que son mari « les Sémites et les personnes de couleur ». Elle utilisait toujours ce type d'euphémisme bienséant pour désigner ceux qui lui faisaient horreur. Elle faisait partie d'une chorale de bigotes qui se produisait régulièrement à l'église. Elle aimait « la grande musique » et jouait correctement du piano, moins bien que sa fille Magdalena, mais assez pour infliger du Liszt, « son mentor, son modèle » (elle disait cela d'un petit ton pédant), à toutes les réunions de famille – pas trop longtemps heureusement, son époux y veillait. Joseph Bock, lui, détestait la musique classique, comme d'ailleurs les arts lyriques, « des divertissements de bonnes femmes ». Ne trouvaient grâce à ses oreilles que les hymnes militaires ou nationaux, comme le *Horst-Wessel-Lied* et les chants patriotiques, qui l'enthousiasmaient.

Maria Bock tenait à ce que les nazis se comportent « bien ». Qu'ils fassent ce qu'ils avaient à faire, mais en respectant les règles. S'ils devaient molester les trublions qui l'avaient bien cherché, les interroger, les emprisonner dans ces camps créés pour remettre de l'ordre dans le pays, soit ! Mais qu'ils n'agissent pas comme des voyous. Ils n'avaient qu'à demander au gouvernement d'édicter des lois, des décrets qui rendraient cela légal une fois pour toutes.

Son mari, lui, en bon vieux soldat, pouvait comprendre que les militants aient parfois à sortir matraques et coups-de-poing américains. Il faisait confiance à la sagesse de l'Allemagne et au « petit caporal autrichien » (il nommait souvent Hitler ainsi, et il était difficile de faire la part dans cette formule entre la cordialité et un certain mépris de classe). Lorsqu'il voulait mettre fin à un échange avec Andreas qui le lassait ou l'embarrassait, Joseph Bock lâchait une formule sans appel dont il avait le secret : « Oh, vous... Vous êtes comme tous les intellectuels : un naïf, un idéaliste, un démocrate dans l'âme ! »

Chaque dimanche, Andreas avait l'impression d'assister à la même discussion qui ne l'intéressait en rien. Il se prêtait malgré tout au jeu de la conversation, posait des questions, faisait mine de découvrir tel pan de la vie sociale de son beau-père. Pourquoi, dans ces moments-là, ne se mettait-il pas plutôt à hurler : « Non ! Non ! Ça suffit ! » ? Il éprouvait une certaine indulgence pour le caractère parfois obtus de Magdalena. Elle portait un lourd héritage ! Elle ne semblait d'ailleurs pas plus captivée que lui par les propos de son père, mais elle était chez ses parents et les chérissait.

Après le déjeuner dominical, il restait encore, vers 14 heures, dans le grand salon-salle à manger au décor austro-hongrois, à servir le café, puis la liqueur de whisky bavaroise. Les Bock aimaient les traditions et l'art de vivre hérités de la monarchie. Jusqu'à l'arrivée d'Hitler au pouvoir, ils avaient regretté l'Empire et agoni la République de Weimar, persuadés que le peuple allemand, de par sa nature et son histoire, ne pouvait trouver son salut que sous les régimes autoritaires. Mme Bock s'abstenait de tout alcool fort. La liqueur (comme le schnaps), c'était pour « Ces Messieurs ».

Ce « jour du Seigneur » tant redouté, Andreas devait boire la coupe jusqu'à la lie : en milieu d'après-midi, il fallait encore subir une promenade digestive, au bord des lacs. Joseph Bock profitait souvent d'un moment où ils cheminaient côte à côte pour poser la question qui allait ouvrir les hostilités :

— Alors, mon cher gendre, quand donc vous déciderez-vous à donner un fils à votre femme et au Reich ? (Quand il disait « mon cher », il fallait s'attendre au pire.)

Il ajoutait invariablement, l'air faussement détaché et faisant mine de regarder la végétation ou le ciel berlinois en ses couleurs changeantes :

— Quand je vous ai confié ma fille, c'était pour que vous fondiez une famille ! Alors qu'attendez-vous pour vous y mettre ? Pratiquez-vous aussi, pour ces choses-là, le balancement circonspect ?

Face à tant d'indélicatesse et d'impudeur, Andreas estimait ne pas devoir répondre. C'eût été s'abaisser. Mais cela jetait systématiquement un froid entre les deux hommes et ils ne s'adressaient plus la parole de l'après-midi.

En rentrant, vers 16 heures, il était de tradition de faire une halte à la pâtisserie du quartier et de choisir quelques gâteaux qui agrémenteraient le dernier café ou thé pris dans une brasserie, avant que chacun ne regagne ses pénates. En hiver, quand ils étaient parvenus au bout de ce qu'Andreas vivait comme un chemin de croix, la nuit était tombée. La soirée qui débutait avait déjà un goût de lundi.

Il arrivait que le supplice durât trois ou quatre jours, lorsque Andreas et son épouse étaient conviés dans la maison de campagne des Bock, à quelque deux cent cinquante kilomètres de Berlin. Ses beaux-parents étaient propriétaires d'une vieille bâtisse, spacieuse, mais au confort rudimentaire, dont Joseph Bock avait hérité. Les Bock ne s'y rendaient qu'une fois par trimestre, car même dans la belle limousine familiale, ils trouvaient le trajet fatigant.

Les Bock appelaient pompeusement cette maison à deux étages et au toit mansardé leur « datcha ». Elle était décorée avec un mauvais goût extrême qui leur correspondait bien. Dans l'entrée et le salon du rez-de-chaussée, les murs étaient couverts de tableaux dont ils étaient très fiers. Il s'agissait en fait de vulgaires croûtes, représentant des paysages bucoliques ou des scènes animalières. Leur résidence campagnarde croulait sous le clinquant, le doré, les meubles et les bibelots qui faisaient « cossu ». Les Bock détestaient tous ces arts modernes et abstraits qu'ils confondaient et auxquels ils n'entendaient rien, ne comprenant pas pourquoi des artistes s'évertuaient à déformer la réalité dans le seul but de l'enlaidir.

Andreas était, lui, un amateur éclairé de ces nouvelles formes d'art à la pointe de l'avant-garde qui, par leur beauté brute et leur refus des carcans, traduisaient bien le rejet de la civilisation du « petit boutiquier », du « nouveau riche » repu et borné, confit dans ses préjugés. Elles exprimaient en même temps le désarroi face à l'effondrement d'un monde crépusculaire. Andreas aimait les rebelles comme le peintre et dessinateur autrichien Egon Schiele, fauché en 1918, à seulement 28 ans, par la terrible grippe espagnole. Sa courte vie lui avait laissé le temps de mettre en scène, avec un génie fulgurant, la ronde infernale d'Éros et Thanatos. Ses tableaux montraient sans fard des corps désarticulés ou difformes, des visages blafards, décharnés, ravagés par la peur ou l'inquiétude existentielle. Il avait vécu ses jeunes années dans la Vienne d'avant-guerre, y croisant probablement un autre peintre, à peine plus âgé que lui, au talent médiocre, mais partageant la même bohème : Adolf Hitler…

Andreas était fasciné par la façon – très différente de celle de Van Gogh – qu'avait eue Schiele de peindre les tournesols. Ils étaient sous son pinceau une métaphore du soleil noir de la mélancolie. Avec leurs tiges étiques et tordues, ils évoquaient des corps décharnés aux âmes tourmentées. Ils étaient lunaires, nocturnes, alors que ceux du peintre arlésien étaient, eux, solaires avec leurs jaunes pimpants.

Le régime nazi avait mis à l'index les œuvres de tous ces Maudits, déclarant qu'elles étaient dangereuses et démoralisantes. Mais Andreas avait continué à assumer ses goûts, malgré la censure. N'avait-il pas le droit de préférer la palette violente des expressionnistes à l'austérité de la peinture académique ? La seule fois où il avait évoqué Schiele en présence de sa belle-famille, Joseph Bock avait bondi :

— Oh ! Vous, décidément… vous encensez tous ces gribouilleurs qui ne trouvent leur inspiration que dans les hospices, les maisons d'aliénés, les bordels. Vous adorez les portraits d'estropiés, de fous qui hurlent et grimacent, de catins qui se pâment, d'invertis au maquillage grotesque qui aguichent les enfants… Votre penchant pour la décadence m'inquiète. J'ignore pourquoi, mais vous êtes un adepte de l'art juif !

Ce jour-là, au lieu de réagir, Andreas s'était contenté de relever dans son for intérieur un tic de langage qui l'exaspérait : chaque fois qu'il s'apprêtait à prendre une posture accusatoire, Joseph Bock introduisait son propos avec un « Oh ! Vous » plein de mépris qui annonçait la suite. Son épouse et sa fille y avaient droit, elles aussi : « Oh ! Vous, les femmes… » lâchait-il régulièrement au fil des conversations familiales.

Lors des séjours à la campagne, son beau-père ne manquait jamais de proposer une séance au stand de tir qui se trouvait dans un bois juste à côté de chez eux.

Il était resté un soldat dans l'âme et le maniement des armes lui plaisait plus que tout. Andreas ne supportait pas ce sport et nul ne l'ignorait, mais il n'osait pas dire non, il préférait arguer que ce n'était pas possible, pas ce jour-là, qu'il devait – quel dommage ! – terminer un article à rendre dès son retour. Bock acceptait l'excuse par convenance, tout en lançant à son gendre un regard dans lequel il ne dissimulait ni son dépit ni son mépris. Non, décidément, il ne comprenait pas qu'un homme, un vrai, renâcle à manipuler fusils ou pistolets.

Lorsque Andreas pensait à ces virées, un terme lui venait à l'esprit : insoutenable ! Pourtant, il les supportait, comme tout le reste : la propagation de la haine dans son pays, la censure permanente au Journal, sa concierge qu'il avait surnommée « la Fouine » parce qu'elle avait l'œil sur tout et qu'elle faisait des rapports à la Gestapo, il en était convaincu.

Andreas se demanda quand et pourquoi il avait renoncé.

Il avait en fait dérivé lentement, par une inexorable addition de causes et d'effets : la quête légitime d'un certain confort, l'envie de faire carrière, impliquant, en ces temps difficiles, conformisme et allégeance aux nouveaux maîtres, la fierté devant l'extraordinaire réussite économique du nouveau régime, mais aussi la vie quotidienne qui l'avait happé, surtout avec un métier aussi prenant que le sien, et – pourquoi le nier – la peur, cette peur diffuse qu'il partageait avec tous ses concitoyens.

Il était allemand et aryen, blond à la peau claire, à l'allure sportive. Chrétien, humaniste et libéral – c'était ainsi qu'il s'était longtemps défini –, il n'avait aucune raison objective d'avoir peur. Mais s'il se décidait un jour à franchir le pas, à s'insurger contre les dérives les plus graves, les mesures les plus injustes, les exactions les plus criminelles du régime, quelle boîte de Pandore ouvrirait-il ? Quel mécanisme infernal mettrait-il en œuvre, qui pourrait le broyer, lui et les siens ?

Soudain, alors qu'il s'assoupissait, mollement installé dans son fauteuil, une phrase de Ralph Becker lui revint. Tout à l'heure au téléphone, avant de raccrocher, son patron avait lâché, concernant Joseph Bock : « Croyez-moi, son expérience de soldat de la Grande Guerre nous est précieuse. »

Mais que fricotait donc son beau-père au sein du parti nazi ? Que cachait-il aux siens ? Quelle était sa part d'ombre ?

19

Aux alentours de 15 heures, le concierge de *L'Auberge* se dirigea vers Andreas et lui tendit une enveloppe qu'un garçon de courses venait de déposer à la réception. Elle contenait un courrier rédigé dans un allemand impeccable, sur papier à en-tête du *Grand Hôtel*. L'auteur en était un certain John Michael Lee, un journaliste qu'Andreas avait souvent croisé pendant les Jeux, américain comme Susanna.

Cher Andreas Kuppler,
Depuis ce matin, la station est à mourir d'ennui (surtout pour quelqu'un d'aussi snob que moi, habitué à l'ambiance bohême de Soho, le quartier de New York qui me tient lieu de port d'attache). C'est la grande transhumance des reporters. Tout le monde redescend vers les plaines tempérées. Les Jeux sont finis, il n'y a plus rien à voir !
Je sais que vous êtes encore sur place. Que diriez-vous de partager notre ennui et de me rejoindre vers 7 heures ce soir, au bar du *Grand Hôtel* où je

séjourne ? Vous serez mon invité ! Je me suis assuré qu'on pourra nous y servir un excellent bourbon. J'ai en outre quelque chose à vous dire. Connaissez-vous Corabos l'Éléen ? Vous me répondrez ce soir. Je compte sur vous ! D'ici là, soyez sur vos gardes, ne faites confiance à personne.

Je vous expliquerai.

P-S J'ai confié cette missive aux bons soins d'un jeune employé du *Grand Hôtel* en qui j'ai confiance. Je suis sûr que mon message arrivera à bon port. Ayez l'amabilité et la prudence de le détruire après l'avoir lu.

Ce billet qui n'appelait pas de réponse piqua aussitôt la curiosité d'Andreas : qu'avait donc à lui faire savoir ce confrère, qui ne pouvait être écrit ? Et pourquoi ce post-scriptum qui semblait pour le moins paranoïaque ?

Andreas décida d'honorer l'invitation. Il suivit la recommandation de John et déchira la feuille en mille morceaux avant de la jeter dans la cheminée du salon.

La dernière fois qu'il avait aperçu ce New-Yorkais effectivement un peu snob, c'était la veille au soir, en compagnie de Susanna. Après la cérémonie de clôture des Jeux, Andreas s'était attablé au piano-bar du *Grand Hôtel* de Garmisch-Partenkirchen, avec ses habituels collègues de beuverie, dont ce John Michael

Lee. Il devait être 11 heures lorsque John avait crié à la cantonade :

— Susanna Rosenberg, la plus belle femme de Manhattan !

Au moment où elle rejoignait le groupe, leurs regards s'étaient croisés. Andreas avait cru lire dans les yeux de l'inconnue un choc égal au sien. Le même désir, le même éblouissement. Elle devait avoir vingt-cinq ans et était d'une beauté troublante. Brune, de longs cheveux bouclés, des yeux d'un bleu très clair, une voix légèrement cassée, une présence magnétique. Son aisance, sa démarche féline et son corps dont il devinait les secrets, malgré la lumière tamisée, grâce aux vêtements moulants qu'elle portait, lui parurent magnifiquement érotiques.

Elle était à la fois sombre et lumineuse. Il n'aurait pas pu la décrire plus précisément. Il conservait d'elle paradoxalement une image à la fois très forte et assez floue.

Andreas avait invité Susanna à danser deux ou trois rumbas sur la piste, à côté du bar. Il aimait les airs langoureux d'origine cubaine et cette danse qui permettait de mimer la séduction sans que cela ne prête nécessairement à conséquence, chacun sachant qu'il s'inscrivait dans un jeu extrêmement codifié. Malgré la musique, ils avaient pu échanger quelques mots avant que Susanna ne lui soit enlevée par un autre de ses admirateurs. L'alcool lui embrumait l'esprit, et

Andreas ne se souvenait plus de quoi ils avaient parlé. Il avait seulement gardé le souvenir d'une complicité immédiate.

Vers 1 heure du matin, l'orchestre avait annoncé le morceau de clôture de la soirée : *Sophisticated Lady*. Un standard de jazz très « slow » et langoureux. Susanna était revenue vers lui. Elle lui avait pris la main et l'avait entraîné sans un mot sur la piste de danse plongée dans la pénombre. Comme envoûtés par la musique, leurs corps s'étaient rapprochés, collés l'un à l'autre, comme ceux d'adolescents. Après la dernière note musicale, ils étaient restés encore un instant enlacés. Immobiles. Silencieux. Quelques secondes très… intenses.

Puis ils avaient rejoint leur bande de fêtards bien décidée à imposer des prolongations au piano-bar de l'établissement. Susanna s'était mise à improviser *a cappella* :

— Je suis faite de la tête aux pieds pour l'amour !

Elle avait interprété cet air sensuel – à la mode depuis que Marlene Dietrich avait incarné Lola-Lola, la chanteuse de cabaret de *L'Ange bleu* de Sternberg – dans un allemand impeccable, avec une pointe d'accent américain, avant de poursuivre dans sa langue. La voix de Susanna était juste et chaude. Elle chantait debout, adossée au piano. Tous s'étaient approchés, subjugués. Andreas, comme les autres. Il lui avait trouvé le même charme ensorceleur et distant que celui de Marlene.

Chacun, en l'écoutant, devait avoir en tête Lola-Lola, ses tenues légères, ses postures provocantes de séductrice vénéneuse, et la déchéance du vieux professeur tombé fou amoureux d'elle.

Andreas n'avait qu'un souvenir vague de la fin de soirée : encore quelques chansons fredonnées, quelques verres… Puis, à 2 heures du matin, le concierge les avait mis dehors avec courtoisie et fermeté. La nuit était froide. Tous fatigués et ivres, ils s'étaient salués devant l'entrée, en s'apprêtant, col relevé et écharpe nouée, à regagner leur hôtel. Andreas avait alors cherché du regard Susanna. Il voulait lui proposer de la raccompagner, mais elle avait disparu. Il était retourné dans le hall du *Grand Hôtel*, espérant l'apercevoir. En vain. Elle s'était évanouie.

Séjournait-elle sur place ?

Andreas était rentré seul vers son petit hôtel, à l'écart de la station de Partenkirchen. En contrebas, des sapins qui croulaient sous la neige masquaient en partie le paysage, lui donnant un aspect vaguement inquiétant. L'alcool lui engourdissait les jambes. Titubant et glissant sur le chemin blanc et gelé, il avait eu du mal à grimper la côte qui menait à *L'Auberge*. Pourtant, il avait senti, au plus profond de lui, une force nouvelle.

20

Andreas était maintenant seul dans le salon de *L'Auberge* devant le feu qui rougeoyait doucement. Il était près de 15 h 30 et les clients qui n'avaient pas encore quitté la station se trouvaient tous sur les pistes de ski.

Il resta un bon moment, perdu dans ses réflexions.

John, dans son message, lui demandait s'il connaissait Corabos l'Éléen. Le prenait-il pour un amateur ?

La réputation d'Andreas venait de son talent certes, mais surtout de son professionnalisme hors pair, qui s'appuyait sur un travail acharné. Il avait préparé les Jeux pendant deux ans en fréquentant assidûment le service de documentation et la bibliothèque du Journal. Compulser encyclopédies, monographies et revues de presse sur la plupart des spécialités sportives lui avait permis de rédiger un grand nombre de fiches et de notes de synthèse. Il avait ainsi acquis la matière qui lui manquait pour mettre en perspective les Jeux de 1936, les relier à la longue aventure de l'olympisme qui remontait à Iphitos, le roi d'Élide. La question était plutôt la suivante : pourquoi John s'intéressait-il à Corabos, ce citoyen grec assez obscur de la ville d'Élis qui, en gagnant l'épreuve dite du *stadion* – une course à pied de quelque deux cents mètres, la longueur d'un stade à l'époque –, fut le premier champion olympique de l'ère antique ? La réponse n'allait plus tarder.

Avant que la nuit ne tombe, Andreas se décida à quitter l'hôtel. Il arpenta pendant une bonne heure les chemins enneigés autour des deux stations olympiques. Dans la cime des arbres soufflait une brise légère. Il se sentit mieux. L'hiver froid et sauvage lui convenait. Il y puisait énergie et bien-être du corps et de l'esprit. Une corneille l'avait suivi hors de la station. L'étrange animal virevolta au-dessus de sa tête tout le temps de sa randonnée.

Il croisa plusieurs connaissances, mais pas Susanna Rosenberg. Vainement, il chercha dans la neige une trace de ses pas. À un moment, croyant l'apercevoir au loin, emmitouflée dans une tenue de skieuse, il courut dans sa direction en proie à une vive émotion et l'appela. Il se fit toiser par une inconnue.

Alors qu'un épais brouillard et la pénombre du jour finissant enveloppaient la montagne, il manqua de s'égarer. Par chance, il aperçut un poteau indicateur qui mentionnait deux directions : Garmisch et Partenkirchen. Fourbu et déçu de n'avoir pas rencontré Susanna, mais le corps et l'esprit revigorés, Andreas rejoignit *L'Auberge*. Ses pieds le brûlaient.

Il marchait pourtant sur un sol uniformément glacé depuis plus d'une heure.

À l'hôtel, une surprise l'attendait : sa chambre n'était pas fermée à clé. Il ouvrit doucement la porte. À l'intérieur, tout était sens dessus dessous ; il avait manifestement eu de la visite. Après avoir songé un instant à alerter la réception, il préféra renoncer, se souvenant de la mise en garde de John Michael Lee : « Ne faites confiance à personne... » Qu'était-on venu chercher dans sa chambre ? Qui était le visiteur indélicat ? Un homme de la Gestapo ou des services de renseignements du Reich ? Voulait-on lui faire peur, le déstabiliser ? Andreas écarta très vite l'idée d'un simple voleur. On n'avait même pas dérobé sa magnifique pendule Mofem, qui trônait toujours sur la table de chevet ! Plus sérieusement, *L'Auberge* était un hôtel agréable, mais de standing moyen. Un cambrioleur aurait plutôt jeté son dévolu sur l'un des palaces de Garmisch où une clientèle internationale étalait sans complexe sa richesse. Andreas soumit à un rapide inventaire valise, trousse de toilette et effets personnels. Rien ne semblait avoir disparu. Mais tout avait été passé au peigne fin. Pourquoi ? Soudain, il pensa à son manuscrit. Il l'avait dissimulé dès son arrivée, deux semaines plus tôt, au sommet de l'imposante armoire à glace occupant presque un pan de mur de la chambre. Il n'aurait jamais dû prendre le risque inutile de l'apporter avec lui. Il n'avait pas eu le loisir de s’y consacrer un seul instant. Andreas se hissa sur une chaise afin de s’assurer que le gros bloc de papier qu’il avait placé derrière la corniche s’y trouvait encore. Fort heureusement, son ouvrage en chantier, provisoirement intitulé *La Flèche noire*, était toujours à l’endroit précis où il l’avait caché.

Andreas poussa un profond soupir de soulagement.

21

Quand il se rendit au *Grand Hôtel*, vêtu avec une élégance décontractée qui lui seyait – costume de tweed à veste deux boutons un peu déstructurée –, il avait quasiment digéré l'incident. Il caressait encore l'espoir de croiser Susanna dans une ruelle de Garmisch. Mais il n'en fut rien. Il était d'autant plus curieux de retrouver son confrère américain qu'il allait inévitablement être question de la journaliste. Lorsqu'il arriva au piano-bar, John était déjà en train d'écluser un verre. Il aperçut Andreas et lui fit un signe amical de la main.

En guise d'entrée en matière, il lui demanda dans un allemand sans une once d'accent américain :

— Bourbon pour vous aussi ?

Andreas aurait préféré un whisky écossais pur malt, mais il se crut obligé, par courtoisie, d'accepter la proposition.

John, avec le côté très direct des New-Yorkais, ne perdit pas de temps en préliminaires.

— Ne cherchez pas Susanna ici. Elle est partie ce matin aux aurores. Elle séjournait au *Grand Hôtel*, comme moi, et nos chambres étaient voisines. Après avoir bouclé ses valises, elle a frappé à ma porte vers 6 heures, elle avait besoin de réconfort avant son départ…

— John, en quoi votre vie sentimentale…

— Non, ce n'est pas ce que vous croyez ! Susanna est une amie, presque une sœur pour moi. Bref, pour en revenir à ce matin, j'avais beau avoir une abominable gueule de bois…

— Tiens, vous aussi ! Les mêmes causes produisent…

— Laissez-moi poursuivre ! Si vous voulez, nous mettrons tout à l'heure à l'épreuve nos niveaux de résistance respectifs à l'alcool. Je vous préviens, mes capacités sont exceptionnelles.

— Méfiez-vous, ces deux dernières semaines, à force d'entraînement intensif, j'ai sensiblement amélioré mes performances.

— Les paris sont ouverts ! Je reviens à Susanna, je crois que le sujet vous intéresse autant que moi. Lorsqu'elle est venue me trouver dans ma chambre, elle pleurait. J'ai fait ce que j'ai pu pour la consoler.

— Vous l'aimez manifestement beaucoup.

— Épargnez-moi cette scène de jalousie. Je vais vous faire une confidence afin que les choses soient claires, tâchez de ne pas le répéter aux nazis : je suis homosexuel. Et Susanna est une amie d'enfance. Nous sommes tous deux nés en 1910, dans l'Upper East Side de Manhattan, non loin de Central Park. Nos familles étaient très soudées. Elles avaient connu le même parcours : parties d'Allemagne sans argent, mais avec une extraordinaire soif de réussite, débarquées à Ellis Island pour s'installer dans de minables petits meublés du vieux quartier de Little Germany, près de Tompkins Square.

Ensuite, l'ascension sociale, les promesses du Nouveau Monde qui se réalisent.

— Je comprends mieux pourquoi Susanna et vous maîtrisez si bien la langue allemande.

— Voulez-vous savoir pourquoi Susanna était si triste ce matin dans mes bras ?

— Parce qu'elle vous quittait pour quelques jours, j'imagine. Le syndrome des frères et sœurs siamois ?

John haussa les épaules.

— Ne faites pas d'ironie, Andreas ! Susanna était dans cet état parce qu'elle devait partir plus tôt que prévu et qu'il lui serait impossible de vous dire au revoir. Elle n'avait même pas votre adresse ici. Hier soir, vous lui avez fait une forte impression. Peut-être parce que vous êtes un excellent danseur. Je vous ai observé. Les femmes aiment les hommes qui savent les émouvoir et qui ont le sens du rythme.

— Dans ce cas, pourquoi s'est-elle volatilisée ?

— Elle a aperçu dans le hall de l'hôtel un homme des services secrets. Nous l'avions déjà repéré un autre soir. Elle a jugé préférable de monter discrètement dans sa chambre plutôt que de prendre le risque de vous compromettre. Les sbires de la Gestapo, fonctionnaires zélés, mais soucieux de leur sommeil, avaient, eux, déjà rejoint leur hôtel depuis une bonne heure. Oui, Susanna a plusieurs services de la police du Reich à ses trousses…

Bouleversé, Andreas resta un instant silencieux, puis il leva son regard vers John.

— Et pour quelles raisons est-elle sous surveillance ?

— C'est une longue histoire. Disons que les nazis l'ont dans le viseur. Elle avait prévu de rester encore deux jours pour se reposer, faire un peu de ski, mais un contact l'a prévenue dans la nuit que sa vie ici était en danger, qu'elle était à la merci d'un malheureux accident, en particulier sur les pistes. Il valait mieux qu'elle plie bagage et rentre aux États-Unis.

— Répondez-moi sans détour : Susanna est-elle journaliste ou agent secret ?

John se rencogna dans son fauteuil et éluda en souriant.

— Vous avez une vision romanesque des choses. Mlle Rosenberg est un reporter très engagé…

— Peut-être un peu plus que ça, non ? J'ai eu mon patron ce matin au téléphone et la Gestapo l'a mis au courant des activités de Susanna. Elle ne se contenterait pas, lors de ses venues en Allemagne, de couvrir avec talent l'actualité sportive…

John manifesta un rien d'agacement.

— Arrêtez donc. Vous n'êtes pas un enfant de chœur, que je sache. Depuis quand la Gestapo a-t-elle pour mission d'informer quiconque de quoi que ce soit ? Elle manipule, surveille, puis condamne, emprisonne, assassine… Pour ce qui est de l'information, écoutez-moi plutôt ! Vous êtes, vous aussi, dans l'œil du cyclone.

— Soyez plus clair, John ! Quelle cause Susanna défend-elle ? Que savez-vous sur moi ? Quel rôle jouez-vous dans ce théâtre d'ombres ? Voulez-vous que je vous assomme d'autres questions ?

Au lieu de répondre, le journaliste américain alluma tranquillement une cigarette et fit un signe discret au serveur pour commander deux autres verres. Puis il prit un air plus grave avant de se lancer :

— Donnez-moi le temps de tout vous raconter. Nos fauteuils sont confortables et ce bourbon est excellent, alors… Andreas, j'ai confiance en vous parce que nous sommes du même bord. Sans vous en rendre compte, vous avez franchi depuis quelque temps une ligne de démarcation… Vous n'acceptez plus l'ordre des choses. Écoutez la suite de mon histoire. Susanna est demi-juive par sa mère…

— Ralph Becker me l'a dit. N'a-t-on vraiment rien d'autre à lui reprocher que sa race ?

— J'apprécie votre réaction. Mais vous allez voir, les choses sont un peu plus compliquées. Hier soir, vos pas de danse vous ont conduit en terrain miné.

— Un terrain surtout recouvert de brouillard…

— Okay, *what else* ? Laissez-moi donc poursuivre ! La mère de Susanna est née Abrahamson – fille d'Abraham, on ne peut imaginer patronyme plus explicite.

Ses parents étaient des Juifs allemands, aisés et libéraux, émigrés aux États-Unis dans les années 1880. Très jeune, elle a rejeté le judaïsme. Pour se marier, elle s'est même convertie à l'Église évangélique luthérienne. Le père de Susanna, lui, est en effet issu d'une famille protestante et totalement aryenne (selon la terminologie nazie), qui a quitté l'Allemagne à la fin du siècle dernier…

Le serveur apporta la commande et John but une gorgée de bourbon avant de poursuivre.

— À l'adolescence, Susanna s'est intéressée à l'histoire du peuple juif et en a voulu à sa mère de renier ses origines, d'en avoir honte. Lorsque, chez vous, à l'automne 1935, les lois censées protéger le sang et le drapeau germaniques ont été adoptées à Nuremberg, elle a décidé de réagir. Elle a rejoint un groupe qui aide les Juifs allemands à émigrer vers les États-Unis, la Grande-Bretagne ou la Suisse, grâce à un système de ramifications à l'étranger. Souvent, les choses se font avec toutes les autorisations administratives. Ce n'est donc qu'une question de soutien logistique ou financier. Mais, dans certains cas, la sortie du pays est illégale et là, ça devient un peu plus compliqué ou risqué. Par exemple, lorsque le candidat au départ est recherché comme « terroriste » ou « traître », pour peu qu'il ait un passé de social-démocrate, qu'il soit un intellectuel engagé ou un artiste, la démarche d'émigration peut relever de l'exfiltration. Le métier de Susanna la conduit à franchir régulièrement l'Atlantique. Chaque voyage est pour elle l'occasion d'aider les Juifs persécutés qui ont décidé de quitter votre pays sans attendre le grand pogrom qui se profile.

— Je comprends mieux son statut de *persona non grata...*

— Vous pouvez ajouter à cela les articles qu'elle écrit dans la presse américaine : des tirs à boulets rouges contre Hitler et le régime nazi... *Last but not least,* Susanna s'occupe également, quand il lui reste un peu de temps, des Gueules cassées qui vivent en Allemagne sous le joug de la « double peine » selon sa formule. C'est-à-dire les infirmes de la dernière guerre dont le visage a été défiguré et qui, de surcroît, ont le mauvais goût d'être juifs.

— Quel drame ! Mais comment les aider ?

— Pour qu'ils puissent continuer à vivre, la République de Weimar avait pris en charge, dans les années de l'immédiat après-guerre, la réalisation et la pose de masques faciaux qui coûtaient une fortune. Ils étaient l'œuvre d'artistes talentueux, sculpteurs et peintres, qui intervenaient après la chirurgie réparatrice. Aujourd'hui, presque une vingtaine d'années plus tard, ces prothèses ont souvent besoin d'être restaurées. Mais lorsque le patient est juif, on le renvoie dans ses pénates sans prendre en considération sa requête et sa souffrance. C'est là que Susanna leur apporte son aide. Elle sculpte depuis plusieurs années.

Elle dispose même, à New York, d'un petit atelier d'artiste à deux pas de la plage Rockaway Beach, dans le Queens. J'apprécie ses créations. Elles me rappellent celles de Käthe Kollwitz, la sculptrice expressionniste allemande originaire de Königsberg. Le problème, vous l'avez compris depuis longtemps, c'est qu'Hitler n'aime ni les Juifs ni les expressionnistes…

— Dans quel pays Susanna vit-elle exactement ? J'ai un peu du mal à suivre… Elle semble dotée du don d'ubiquité…

— N'ironisez pas à bon compte ! Je conçois parfaitement que vous ayez du mal à mettre vos pas dans les siens. Elle est du genre hyperactif.

— Je vois…

— Quand elle n'est pas à New York retenue par son métier de journaliste, on peut la trouver à Genève donnant des cours d'espéranto, ou quelque part en Allemagne aidant les Juifs qui en ont besoin… de différentes façons… y compris en malaxant de la glaise, du plâtre ou de la pâte à modeler pour façonner des masques qui, croyez-moi, n'ont rien de carnavalesque.

— Lors de ses séjours chez nous, sa vie est-elle menacée ?

— À quelques mois des Jeux de Berlin, la traque des ennemis du Reich s'intensifie, dans l'ombre de préférence. Rien ne doit entacher l'image olympique de votre pays. Susanna Rosenberg fait partie des « cibles prioritaires » : l'objectif pour les nazis est de neutraliser les trouble-fête – le plus tôt possible avant le démarrage des *Olympische Sommerspiele* à Berlin.

Andreas coupa John, en le sondant du regard.

— Et vous dans tout ça ?

— Susanna est très convaincante. Je ne suis pas juif, mais je me sens concerné. Je dois avoir la fibre humaniste. Et puis, je pratique certains arts martiaux depuis des années. C'est utile dans ce type d'activité où les bons sentiments ne suffisent pas. Pourquoi me regardez-vous ainsi ? Auriez-vous du mal à concevoir qu'un homosexuel puisse s'illustrer dans le corps-à-corps ?

— Ai-je laissé entendre cela ? Combattant aguerri, certes, mais visiblement paranoïaque ! Dites-moi plutôt ce que vous savez à mon sujet.

— Notre réseau fait aussi du renseignement, avec des moyens beaucoup plus artisanaux que ceux des nazis. Il cherche à recruter des agents ou des sympathisants. Nous avons une fiche vous concernant parce que vous êtes un journaliste sportif connu et très lu, surtout cette année. Nous vous surveillons depuis des mois. Bien avant que nous fassions connaissance ici. Nous recensons le moindre de vos écrits…

— Ne seriez-vous pas en train de vous moquer de moi ? Je suis un reporter sportif « connu », mais un homme très ordinaire.

— Détrompez-vous. Un homme qui n'a pas été lobotomisé par trois années de national-socialisme n'est pas ordinaire. Dans vos articles, il n'est question que de sport, bien sûr, mais en lisant votre prose à la loupe, en faisant quasiment du décryptage, certaines choses transparaissent. Une accumulation de détails sémantiques qui…

— Par exemple ?

— Eh bien, vous n'écrivez pas « Notre Führer », mais « Adolf Hitler ». Vous ne dites pas « une grande victoire pour le Reich » mais « une belle victoire pour l'Allemagne ». Lorsque vous brossez un portrait d'Albert Richter, le coureur cycliste considéré par le régime comme un traître parce qu'il refuse obstinément de se débarrasser de son entraîneur juif, Ernst Berliner, votre plume est empathique. Voulez-vous que je continue ?

— Quelles conclusions tirez-vous de ces brillantes analyses lexicales ?

— Que vous n'adhérez plus.

Andreas encaissa le choc. John alluma nerveusement une autre cigarette, avant de poursuivre :

— Le problème, c'est que les spécialistes du renseignement du Troisième Reich sont de très bons psychologues. Eux aussi vous ont percé à jour. Vous êtes bien le seul qui ne soit pas encore totalement convaincu de ce qu'il en est.

— Cette dialectique me dépasse…

— Andreas, un conseil : finissez cul sec votre bourbon. Ensuite, je commande une nouvelle tournée.

Ça vous fera le plus grand bien et je n'ai pas terminé mon histoire.

— Pour le bourbon, changement de braquet : je passe au double sans glaçons…

— Nous y sommes : enfin une réaction intelligente !

Un musicien s'installa derrière le piano à queue qui trônait à droite du bar. Visiblement, il se produisait en soliste. Les Jeux terminés, l'établissement avait dû congédier le quartet de jazz qui avait animé avec tant de brio les soirées précédentes. Le pianiste salua sobrement de la tête la clientèle et attaqua immédiatement avec un grand standard. Andreas en profita pour inviter son confrère américain à une digression musicale. Il éprouvait le besoin de faire cette pause avant que John ne lui assène des vérités dont il pressentait qu'elles ne l'épargneraient pas :

— *Valentine Stomp* de Fats Waller ! Un de mes morceaux préférés.

— J'apprécie Waller, moi aussi. À New York, il m'arrive d'aller l'écouter dans les clubs de Lenox Avenue. Quand j'ai des bleus à l'âme, le jazz me fait du bien…

Le pianiste du *Grand Hôtel* se livrait en virtuose à des variations et des figures à la hauteur des intentions du génial compositeur, Thomas Wright Waller, dit Fats. Andreas admirait ce jazzman surdoué qui avait appris à jouer du piano et de l'orgue au temple, au côté de son père pasteur, avant de se produire, dès l'adolescence, dans les cabarets et les maisons closes de Harlem. Il avait d'ailleurs composé *Valentine Stomp* pour rendre hommage à Hazel Valentine, la patronne du *Daisy Chain*, un bordel qu'il fréquentait assidûment. En 1932, Andreas avait assisté à l'un de ses concerts dans un club parisien, il avait été ébloui par son swing hérité du ragtime.

22

Le morceau qui suivit, *In a Sentimental Mood* – une mélodie de Duke Ellington beaucoup plus lente –, permit à John de reprendre le fil de leur discussion.

— Andreas, vous souvenez-vous de la question que je vous posais dans le petit mot de ce matin ?

— Oui. Et je sais en effet qui est Corabos l'Éléen, comme n'importe quel journaliste un peu sérieux qui couvre les Jeux olympiques !

— L'opération Corabos a pour objectif de noyauter la presse en prévision des Jeux de Berlin. Vous êtes, j'imagine, au courant que Heydrich a demandé aux agents du *Sicherheitsdienst* d'être sur le pied de guerre, en coordination avec la Gestapo, et d'infiltrer tous les secteurs de l'information. Ils ont établi une liste de journalistes mis à l'index. Elle recense tous ceux qu'ils jugent suspects ou frileux envers le régime. Ces derniers sont, depuis plusieurs mois, sous très haute surveillance : téléphone sur table d'écoute, micros à leur domicile ou à leur bureau, filatures, contrôle de leur courrier… Le but est de tout savoir d'eux pour mieux les tenir. Sur cette liste, en face de quelques noms, figure la mention « RASE » pour « risque d'atteinte à la sûreté de l'État ». En clair, cela signifie que ces individus doivent être neutralisés. J'ai le regret de vous informer que votre nom vient d'être affublé de ce label.

Andreas, livide, s'efforça de réagir sur un ton désinvolte.

— J'imagine qu'il ne s'agit pas seulement de me retirer ma carte de presse ?

— En effet, ils comptent vous faire passer un séjour dans un de leurs camps de concentration. Au moins, jusqu'à la fin des Jeux d'été.

— John, mon arrestation est-elle imminente ?

— Vous pouvez gagner un peu de temps. Pour vous faire tomber, ils ont besoin d'une preuve accablante. Ils savent que sans elle vous serez protégé par votre patron qui a pour vous beaucoup d'affection. Becker est un homme très influent et respecté au sein du NSDAP, bien que certains le jugent trop tiède et incurablement mondain. Si les agents missionnés pour vous pister ne trouvent pas cette preuve, soyez sûr qu'ils finiront par l'inventer, leur imagination est sans limites.

— Ma chambre à *L'Auberge* a été visitée cet après-midi pendant que je me promenais.

— Un classique ! Sans doute espéraient-ils découvrir dans vos draps la confirmation d'une liaison amoureuse avec une Juive ! Attendez-vous à d'autres tracasseries. Comme je vous l'ai écrit, n'ayez confiance en personne, pas même en votre épouse.

— N'exagérez-vous pas un peu ? Les relations avec ma femme ont beau être...

— Non, je ne force pas le trait. Méfiez-vous de tout le monde. Surtout de votre beau-père. Vous l'ignorez peut-être, mais Joseph Bock est redoutable. Et pas seulement parce qu'il milite au parti national-socialiste. Nous savons qu'il a fait partie, en tant qu'officier, des commandos de la mort qui, en août 1914, ont commis des atrocités contre les populations civiles à Dinant et à Neffe, lors de l'invasion de la Belgique. Viols, exécutions en masse, bébés éventrés à la baïonnette, maisons détruites à la grenade incendiaire... Une horreur absolue. À cette époque, même ses camarades de combat, qui étaient tout sauf de doux rêveurs, surnommaient Bock « le Barbare ».

Andreas mit quelques secondes avant de répondre. Il était sonné, comme un boxeur qui vient de recevoir un violent uppercut dans le plexus solaire. Il balbutia :

— Je n'en savais rien. Dinant, pour les amateurs de jazz comme moi, n'est que la ville du divin Adolphe Sax.

— Qui est Sax ? Un jazzman ?

— Non, l'inventeur du saxophone, mon instrument préféré. Quant à Neffe, ce nom me dit vaguement quelque chose, mais quoi ?

Andreas, en proie à un vif malaise, ferma un instant les yeux pour fouiller dans ses souvenirs.

Il connaissait ce tragique épisode de la Grande Guerre. Mais non, il n'avait jamais entendu parler du rôle que son beau-père y aurait tenu… Il découvrait ce surnom… Le Barbare…

Quand John reprit la parole, ses traits se contractèrent.

— Pardonnez-moi, Andreas, ce que je vais vous dire est assez brutal. L'expérience que nous avons du mode opératoire des services de renseignements nous laisse penser que Joseph Bock est impliqué dans l'opération Corabos. Lorsqu'ils ont une « cible », ils tentent d'utiliser son entourage familial, amical ou professionnel, mais aussi son voisinage, l'ensemble de ses relations. Ils mettent en œuvre, dans ces démarches de serrage, toute une panoplie de moyens qui va de la menace au chantage, en passant par la manipulation. Avec votre beau-père, on peut supposer qu'ils auront trouvé un contributeur évident et zélé.

— Simple hypothèse.

— Non, forte probabilité ! Vous ne savez pas encore à qui vous avez affaire. Ils n'ont, pour l'heure du moins, pas prévu de vous éliminer. Mais si vous leur posez un problème, si les choses dérapent ou traînent, ils n'hésiteront pas à vous tendre un traquenard. Ils ont l'art de camoufler en suicides ou en accidents certains de leurs forfaits. C'est étonnant le nombre de noyés qu'on retrouve dans la Spree, vous ne trouvez pas ? Ils ne vous lâcheront pas…

— Qui sont ces gens qui veulent me supprimer ?

— L'officier qui s'occupe de votre cas aux Renseignements, et en coordination avec la Gestapo, un certain Heinrich Wolf, est, paraît-il, un fanatique. Un clone et proche de Heydrich qui l'a recruté et formé. Comme son mentor, c'est un idéologue sans états d'âme. Grand lecteur de Dostoïevski, il ne jure que par *Les Frères Karamazov*. Inutile de vous préciser qu'il préfère le personnage d'Ivan Karamazov, athée, nihiliste et fasciné par la figure de Tomás de Torquemada, l'inventeur de la Sainte Inquisition espagnole, à celui d'Aliocha, son jeune frère qui, lui, incarne l'amour compassionnel et l'humanisme. Il est remarquablement intelligent. Fin psychologue, Wolf est capable d'entrer dans la tête des gens. Pour ne rien gâcher, il est bel homme et doté d'un charisme qui allie au mystère l'autorité naturelle, et à la virilité une sobre élégance. On me dit qu'avec son équipe, il tourne autour de vos proches pour parvenir à vous faire tomber. Il a la haute main sur une bande de jeunes officiers SS qui fréquentent un manoir dans la grande banlieue de Berlin. Ils ont baptisé l'endroit *Le Crépuscule des dieux* en hommage à Wagner… Une sorte de lupanar…

Andreas balbutia de façon à peine audible la question qui le taraudait.

— Et ma femme dans tout cela ?

— Nous ne sommes pas encore fixés… Notre réseau enquête, je vous l'ai dit, avec des moyens beaucoup plus modestes que ceux d'en face... Nous savons seulement que votre épouse a rejoint l'association La Femme et l'Enfant, noyautée par les militants nationaux-socialistes. Mais nous n'avons pas d'autres informations, pour le moment.

Andreas scrutait le visage de son collègue ; il s'efforçait de mesurer sa sincérité.

— John, je compte sur vous pour ne rien me cacher. Je ne souhaite pas être ménagé... Je commanderais bien deux autres bourbons. Vous êtes partant ?

— Vous avez raison, j'allais oublier notre compétition éthylique ! Garçon, la même chose ! Andreas, j'y suis allé très fort parce que vous êtes en danger. Je vous ai dit tout ce que nous savons. Vous devriez quitter le pays et venir à New York, le temps que l'Allemagne se débarrasse de la peste brune. Vous seriez le bienvenu chez moi, à Soho, si vous ne craignez pas pour votre réputation de vivre chez un homosexuel. Rassurez-vous, mon appartement est immense et je suis souvent absent.

— Merci, mais ma place est ici. L'Allemagne est ma terre. Je ne m'enfuirai pas. Dans l'immédiat, je dois retourner à Berlin pour essayer d'y voir plus clair. Si je me décidais à rejoindre votre réseau, qui devrais-je contacter ?

— Avant de franchir le pas, prenez le temps d'y réfléchir...

— Cela fait trop longtemps que je réfléchis.

— Désobéir en cette période peut se payer au prix fort. Mais puisque vous insistez, voici la carte de visite d'un médecin. C'est un de nos amis. Un médecin. Il a un très beau cabinet à Berlin. Pas loin de chez vous d'ailleurs, sur Unter den Linden...

Le visage d'Andreas se crispa un instant.

— Vous savez donc où j'habite ! Vous êtes pire que la Gestapo…

John choisit de réagir sur un ton léger et en souriant.

— Unter den Linden avec ses allées de tilleuls – on m'a dit qu'il y en avait plus de mille – est la plus belle avenue de Berlin. Vous avez de la chance d'habiter là. Mais laissez-moi poursuivre, je vous prie. Klaus Diettrich – c'est son nom – est évidemment aryen jusqu'au bout des ongles – il est même prussien, né sur les bords de la mer Baltique, un pur Nordique. Comme vous. Il soigne d'ailleurs plusieurs éminences du régime que son allure teutonne met en confiance, ce qui lui permet de glaner des renseignements précieux pour notre cause. Nous avons une totale confiance en lui. C'est un partisan de la première heure, un grand humaniste. Dans la pyramide hiérarchique de notre réseau… disons… qu'il est très haut placé.

— Vous voulez dire qu'il est le numéro un, le grand patron ?

— Non.

— Réponse brève et nette, commenta Andreas.

Puis il resta un moment coi, interrogeant du regard son ami américain qui hésita avant de poursuivre pour en livrer un peu plus.

— Il est… sur la dernière marche avant le sommet. Vous voyez à quel point j'ai confiance en vous. Je vais loin ce soir dans les aveux. J'espère que ce n'est pas à cause de l'alcool.

— Êtes-vous sûr que je mérite autant d'égards et de confiance de votre part ?

— Ne minaudons pas. Nous n'en sommes plus là, vous et moi.

— Vous avez raison. Continuez votre histoire !

John préféra, avant de répondre, boire une rasade de bourbon. Le pianiste amorçait en virtuose un grand standard du ragtime.

— Andreas, connaissez-vous la formule « Sans la musique, la vie serait une erreur » ? Et savez-vous qui en est l'auteur ? Ne prenez pas la peine de me répondre, vous êtes d'une culture époustouflante. Mais ne vous y trompez pas. Être américain ne m'interdit pas d'avoir un léger vernis d'humanités. Aux États-Unis, quand je descends de mon cheval, avec mes jambes arquées, mes bottes mexicaines et mon chapeau de cowboy, il m'arrive de lire. Je perçois un petit sourire dubitatif dans votre regard. Vous avez tort. Je me plonge par exemple assidûment dans l'œuvre de votre philosophe Nietzsche…

— Cet aphorisme du père de Zarathoustra est génial. Et comme vous, j'adore *The Entertainer* de Scott Joplin, sur un tempo de *two step*. Peut-être le plus grand morceau de ragtime qui ait jamais été composé au piano.

— Alors, écoutons encore un instant.

Le musicien soliste jouait sous une lumière tamisée. Son interprétation était exceptionnelle. Andreas attendit la fin de ce moment musical rare pour observer :

— Et pourtant le pianiste est blanc !

— Votre remarque est juste. À l'origine, le ragtime est vraiment une musique de Noirs. Savez-vous qu'il trouve son origine dans le *cake walk* ? Dans les plantations du Sud des États-Unis, il arrivait le dimanche après-midi (le matin était consacré à la messe) que les colons organisent des concours de danse pour leurs esclaves. Les gagnants recevaient un gros gâteau en récompense. La « marche du cake » est l'ancêtre du ragtime… et donc du jazz.

— Permettez-moi de vous préciser, mon cher John, que vous abordez là un sujet où j'ai quelque compétence. Oui, je connais cette histoire de « marche du cake ».

John était bluffé. Il regarda longuement Andreas, à la fois admiratif et intrigué.

— Vous êtes quelqu'un d'étonnant, parfois de déroutant. Mais pour ne pas nous perdre dans votre savoir encyclopédique, fût-ce agréablement concernant l'histoire de la musique, je reviens à notre personnage de l'ombre… Klaus Diettrich est un homme de cogitation, un intellectuel. Tout doit avoir sens pour lui.

Son combat contre la peste brune s'inscrit dans une réflexion qu'il mène depuis longtemps sur la condition humaine, le long cheminement d'*Homo sapiens*, le bien, le mal, l'art, la culture, etc. Me suivez-vous ou vous ai-je perdu ?

— Non, pas du tout ! Je suis là ! Vous le savez sans doute puisque vous m'avez mis sur fiche, les choses de l'esprit m'intéressent aussi. Ma femme trouve d'ailleurs que je passe mon temps à couper les cheveux en quatre.

— Okay, ramons un instant pour éviter les effets de dérive, rester centré sur Diettrich. Un combat lui tient particulièrement à cœur. Il refuse la mise à mort de la culture et des arts germaniques et participe très activement à un réseau de mécènes-résistants qui s'efforcent d'aider de différentes façons les artistes, expressionnistes de préférence puisqu'ils sont mis à l'index par les nazis, dans le domaine des arts plastiques par exemple, en achetant leurs œuvres ou en les mettant en contact avec des passeurs fiables qui transfèrent les plus remarquables de leurs créations en Suisse. Diettrich est convaincu comme vous et moi que l'Allemagne, pour survivre, doit se délivrer d'Hitler et des criminels qui l'entourent. Il dispose de moyens financiers, ça peut aider. À partir de son QG, une vieille demeure perdue dans un parc forestier à moins d'une heure de Berlin, il fédère sous sa houlette quelques résistants qui lui ressemblent : courageux et cérébraux, tous des intellectuels. Diettrich s'est entiché d'un peintre dont le génie l'a subjugué, un certain Hermann Böll. Il le situe quelque part entre Vincent van Gogh et Emil Nolde.

— Nolde est le plus grand peintre contemporain de l'âme allemande… Je regrette que son œuvre ait pu séduire un homme comme Goebbels. Mais c'est ainsi.

— Laissez-moi poursuivre, Andreas. Mais je vous l'accorde volontiers, il y a pires références artistiques ! Klaus Diettrich et Hermann Böll se sont connus à la guerre. Tous les deux dans l'enfer de Verdun. L'un comme médecin militaire affecté au front ; l'autre comme soldat de la cavalerie. Ou plutôt comme Gueule cassée au bord de l'agonie dans un hôpital de campagne. L'un s'efforçant de réparer l'autre, et ce quasiment sous les bombes… Ça crée des liens… Cet artiste est juif…

— Je l'avais deviné…

— Sa vie et son œuvre sont menacés. Il est d'ores et déjà en butte aux tracasseries imposées aux Sémites par le régime nazi. Diettrich prépare son exfiltration. L'homme vit seul, sobrement, avec ses pinceaux, ses couteaux, son chevalet, sa table de sculpture, dans un appartement berlinois. Mais le jour J du départ, il faudra embarquer avec ses bagages – si possible – quatre cents tableaux et une trentaine de sculptures. Toute une logistique. C'est cela résister dans la vraie vie : une kyrielle de détails, de contraintes et, pour le dire clairement, d'emmerdements. Il faut être méthodique, très organisé.

— John, pourquoi me racontez-vous tout cela ? Suis-je concerné ?

— Pas d'impatience, Andreas, je vais y venir. Böll, avant de quitter l'Allemagne, tient à participer à une mission de résistance imaginée et pilotée par Klaus Diettrich qui devrait les mobiliser jusqu'à la mi-août. Il s'agira, face à l'opération Corabos, de mener un combat… disons honorable. Les moyens mis en œuvre, les forces déployées seront dérisoires au regard de ceux de Heydrich. Mais l'idée est de faire de la contre-propagande avant et pendant les Jeux olympiques d'été à Berlin, en marquant à la culotte l'opération Corabos. Böll, par exemple, sera chargé de réaliser une série de graffitis sur les murs de la capitale. Inutile de préciser que son action – de l'art brut et éphémère à la place des armes – sera clandestine, et même très risquée. Diettrich a choisi un nom de code, lui aussi aux couleurs de l'hellénisme. Cette mission de résistance s'appellera Télémaque. Vous le savez, le fils d'Ulysse symbolise le courage et l'opiniâtreté…

— Oui, oui, il quitte l'île d'Ithaque pour partir à la recherche de son père. Son voyage sera long et semé d'embûches, mais à la fin, il triomphera…

— Exact ! Et ces deux qualités seront décisives : elles lui assureront la victoire. Andreas, je vous souhaite d'avoir affaire à Klaus Diettrich directement.

Vous êtes faits pour vous entendre. C'est un esprit très original. Dans notre armée des ombres, il a pour pseudonyme Mentor…

— C'est une bonne idée de l'avoir affublé du nom du précepteur d'Ulysse…

— J'aimerais parler littérature toute la nuit avec vous. Nous aurons peut-être l'occasion dans le futur d'avoir sur ces sujets des conversations passionnantes, pourquoi pas à New York… Mais pour l'heure, nous avons malheureusement d'autres priorités. Pour rester au ras de nos préoccupations du moment : Diettrich estime que vous avez un profil intéressant pour son opération Jeux olympiques. Le sport est votre spécialité et vous êtes en outre un fin connaisseur et amateur de l'art pictural en général et de l'expressionnisme en particulier.

— Pourquoi alors avoir tenté tout à l'heure de me dissuader de rejoindre votre armée des ombres ?

— Parce qu'il me fallait tester votre motivation. Nous ne recrutons que des hommes et des femmes totalement déterminés. Entrer en résistance sous l'Allemagne nazie, cela signifie non seulement risquer sa vie chaque jour, mais aussi lutter contre son propre peuple devenu un ennemi et non pas contre un ennemi extérieur.

— Je vois. Comment dire les choses… Je ne supporte plus le régime. Je suis arrivé, je crois, à un point de non-retour. Il me reste… à franchir le pas décisif…

— Si j'en crois mon expérience, vous ne tarderez pas à nous rejoindre. Mais je n'ai pas pour habitude de forcer la main. Quoi qu'il en soit, prenez ce carton et dès que vous rentrerez à votre hôtel, apprenez par cœur le nom et l'adresse de Klaus Diettrich, qu'ils restent gravés dans votre mémoire. Puis déchirez ce bristol, faites-en des confettis et jetez-les dans le poêle de votre chambre, après vous être assuré qu'il fonctionne bien. Dans nos entreprises, la prudence est la première règle…

À la lecture de l'adresse de Diettrich, Andreas ne put s'empêcher d'interrompre son ami :

— Incroyable ! J'ignorais tout de cet homme et il habite à deux ou trois minutes de chez moi !

— Je vous ai dit tout à l'heure que vous étiez voisins, reprit John, mais notre homme est discret. Autre chose… J'allais presque oublier… Susanna a griffonné son adresse à New York sur un bout de papier et m'a demandé de vous le remettre. Que vous ayez l'intention ou pas de la rejoindre un jour n'est pas mon problème. Mais de grâce, pour votre sécurité et la sienne, même procédure : détruisez très vite cette trace compromettante. Maintenant, si nous levions nos verres pour sceller notre amitié naissante ?

— Volontiers. Alors *Prosit* !

— Chin chin, Andreas ! À nos retrouvailles quelque part dans le futur !

23

Cette conversation, malgré son âpreté, avait paradoxalement eu sur Andreas un effet bénéfique. Tout comme l'alcool. Son univers venait de s'effondrer. Lui-même risquait d'être anéanti. Pourtant, il reprenait pied. Il savait au fond de lui qu'il allait quitter la zone grise. Ce soir, il venait de le comprendre. Il lui faudrait traverser à découvert des espaces incertains. Il aurait la tentation de renoncer, mais il devrait tenir bon, suivre la voie qui s'offrait à lui. Et sur celle-ci, il y avait Susanna. Il éprouvait l'envie de la revoir, de la serrer dans ses bras. En repensant à l'instant précis de leur rencontre, il eut la conviction qu'entre eux, tout s'était joué dès le premier regard.

Andreas rentra à Partenkirchen en titubant. Il était presque 10 heures du soir. Incroyable : il avait passé pas loin de trois heures en compagnie du reporter américain. Pas étonnant qu'il soit à ce point imbibé d'alcool. Ils y étaient allés très fort. Pour le concours éthylique avec John, c'était match nul, balle au centre. Il ne croisa personne – tant mieux vu son état.

Il parvint laborieusement à trouver son hôtel. Alors qu'il grimpait le petit sentier enneigé conduisant à l'établissement, Andreas aperçut, grâce à la clarté de la lune, le randonneur solitaire peint sur la façade. Le personnage semblait immense, une sorte de statue du commandeur. Andreas vit dans cette fresque murale une métaphore de ses propres errements.

Pour ne pas avoir à affronter – tant il était éméché – le regard réprobateur du veilleur de nuit de *L'Auberge* assoupi derrière le comptoir de la réception, Andreas récupéra la clé de sa chambre en catimini et il amorça la laborieuse montée des escaliers, dans la pénombre, en se cramponnant à la rampe. Seule une veilleuse qui éclairait le hall du rez-de-chaussée de l'hôtel projetait une lumière glauque. Parvenu dans les étages devant la porte de sa chambre, Andreas batailla un moment pour trouver la serrure. Il surmonta cette ultime épreuve. Il eut encore la lucidité de fermer sa porte et il s'effondra tout habillé sur son lit non sans avoir auparavant envoyé valser son chapeau en visant (avec succès) comme réceptacle l'un des deux fauteuils club aviateur. Il était sonné, mais il ne regrettait pas sa soirée. Grâce à son nouvel ami new-yorkais, et au bourbon, il avait ouvert les yeux. Il y aurait un avant et un après cette rencontre. Il se dirigeait vers une croisée des chemins décisive, un *turning point*, et John l'aiderait à trouver la bonne route, il en avait l'intime conviction. Il eut soudain la vision du héros du *Voyage d'hiver* de Schubert, pris dans les glaces, figé dans la souffrance et la désespérance.

Était-il son reflet ?

Non, non et non, mille fois non ! Lui, n'était pas un fantôme en errance. Il irait au bout de la nuit glacée. Contre vents et tempêtes, il reviendrait au jour, à la vie, quand l'Allemagne serait libérée de la peste noire du nazisme.

Lucide et déterminé, il était prêt désormais à passer de l'autre côté, à rejoindre l'Armée des ombres.

24

23 heures. Magdalena n'était toujours pas couchée. Elle avait traîné sa souffrance et sa fatigue toute la journée. Elle n'avait pas mis le nez dehors, la plupart du temps dans sa chambre. Plusieurs fois, le téléphone avait sonné sans qu'elle n'ait osé décrocher.

De la grande baie vitrée du salon, elle observa l'avenue dans la nuit. Ce n'était qu'une débauche de lumières : en face d'elle, les néons des enseignes et quelques fenêtres encore éclairées des immeubles ; en contrebas, le halo des lampadaires et le flot ininterrompu des phares de voitures. La circulation semblait très dense pour un lundi soir. Elle imagina l'animation des trottoirs et des lieux publics.

C'était l'heure où les Berlinois sortaient des brasseries, des cinémas, des clubs et associations, et s'apprêtaient à rentrer chez eux.

Toute cette agitation qu'elle devinait, et dont les vibrations montaient jusqu'à elle, l'effrayait. Pour tout dire, elle n'avait aucune envie de s'y mêler.

Si Magdalena mettait cette angoisse sur le compte de sa maladie nerveuse, elle devait admettre qu'elle n'avait jamais été très sociable, même quand sa santé était plus solide. Elle n'avait pas hérité du côté *Mitglied* de son père, de son besoin de se sentir membre de quelque chose. Elle était plutôt casanière. Ce penchant avait participé à son désir si vif d'être mère au foyer et de consacrer son temps et son amour à la famille qu'elle aurait fondée. Heureusement qu'elle avait rejoint La Femme et l'Enfant pour pallier ce manque terrible : au moins, elle y entendait parler de bébés, pouvait les prendre dans ses bras et se rendre utile auprès de leurs jeunes mamans. Faire partie d'un groupe, en être « membre », n'était que secondaire dans l'ordre de ses motivations. Sa démarche avait été égoïste, elle en était tout à fait consciente. Et alors, qu'y avait-il de mal à cela ? Tous les actes n'étaient-ils pas ambivalents ? Ces femmes dévouées à la cause de la maternité lui avaient probablement apporté plus qu'elle n'avait pu elle-même leur donner, elle devait en convenir. Cela l'avait sauvée à un moment où elle était de nouveau la proie de pensées morbides.

Magdalena avait découvert l'association par hasard sur une affiche qui annonçait une réunion d'information dans une salle des fêtes de son quartier organisée par les services sociaux du NSDAP et plusieurs mouvements de femmes nazies. Elle avait décidé de s'y rendre.

C'était la première fois qu'elle était amenée à fréquenter des gens d'un milieu populaire. Elle s'était retrouvée à côté d'une vingtaine de très jeunes femmes, certaines au visage encore adolescent, toutes parfaitement aryennes et la plupart enceintes, comme elles le déclarèrent quand on leur demanda la raison de leur présence. À part quelques militantes nazies, les intervenants étaient des travailleurs sociaux, ainsi qu'un gynécologue obstétricien. Magdalena s'était sentie embarrassée d'être l'une des rares de cette assistance féminine à avoir le ventre vide, et aussi, de loin, la plus âgée. Elle avait dû faire une erreur, se méprendre sur les critères pour participer à cette rencontre. La plupart des filles étaient célibataires, et si quelques-unes d'entre elles étaient mariées, le bébé qu'elles portaient était probablement le fruit d'une liaison. Tout cela avait heurté les convictions catholiques de Magdalena. Le franc-parler avec lequel chacun abordait le sujet de la sexualité avait accru son malaise.

Quoi qu'il en fût de ses états d'âme, Magdalena s'était prise de sympathie pour Katharina Fischer, l'une des jeunes femmes de l'auditoire. À pas tout à fait dix-huit ans et bien que célibataire, cette dernière souhaitait connaître les joies de la maternité et l'exaltation patriotique qu'elle devait susciter. Elle se ferait engrosser – pour la bonne cause ! – dans un « haras humain », comme il s'en était créé et développé depuis l'arrivée des nazis au pouvoir. Une fois enceinte, elle garderait son bébé car sa mère lui avait promis qu'elle l'aiderait. Katharina était vendeuse dans un grand magasin de la capitale. Elle était venue à la réunion pour mieux connaître ses droits et les allocations dont elle pourrait bénéficier après la naissance de l'enfant. Au bout de quelques minutes, les deux femmes s'étaient appelées par leurs diminutifs, Kate et Magda, complices, déjà amies.

Elles avaient décidé de rester en contact, de se revoir, convenant que la meilleure façon de tenir cet engagement était qu'elles adhèrent toutes les deux à La Femme et l'Enfant, ce qu'elles avaient fait aussitôt, au stand de recrutement qui se trouvait à la sortie de la salle de conférence.

Par la suite, elles s'étaient retrouvées une fois par semaine dans les locaux du mouvement. Quatre heures tous les jeudis après-midi – de 13 à 17 heures – à constituer, à partir de collectes, des trousseaux pour les futures mères démunies : layette, landau, baignoire, matelas pour bébé, tétines et biberons, couches, jouets… Il fallait juste les trier et les répartir en fonction des stocks disponibles et des besoins du moment. C'était une activité utile, mais qui ne requérait pas grande réflexion ; tout en mettant beaucoup de cœur à l'ouvrage, elles pouvaient plaisanter, rire, se faire des petites confidences, apprendre à se connaître…

25

L'un de ces jeudis, Katharina avait proposé à Magdalena qu'elles partent ensemble chez elle juste après la séance de La Femme et l'Enfant, à l'heure du thé. Magdalena, reconnaissante, avait accepté l'invitation. Elles s'étaient toutes les deux retrouvées chez Katharina vers 17 h 45. La nouvelle amie de Magdalena habitait un deux-pièces dans un immeuble vieillot de Kreuzberg, le quartier populaire et ouvrier du sud-ouest de Berlin. Elle était à deux pas des berges de la Spree. Dès leur arrivée, Katharina avait invité Magdalena à « se mettre à l'aise » pendant qu'elle préparait le thé qu'elle servirait avec un nuage de lait et des madeleines françaises. Magdalena s'était juste déchaussée et elle avait déboutonné le haut de son chemisier parce que l'appartement était surchauffé en ce milieu de mois d'avril 1935 alors que la douceur s'installait sur la capitale. Plutôt que de servir la collation dans le salon, Katharina avait trouvé « plus convivial » de poser les plateaux dans sa chambre, dans l'angle à droite de la fenêtre ouvrant sur le balcon, aménagé en mini-salon Art déco, un boudoir intimiste équipé d'une table basse ronde laquée noir onyx et de deux fauteuils club aux lignes élégantes et galbées recouverts de velours jaune. Aussitôt le thé servi, Katharina et Magdalena s'étaient installées face à face, chacune dans un fauteuil, et lancées dans une conversation à bâtons rompus. Elles étaient très complices et avaient l'habitude de ces échanges où on parle de tout et de rien. Elles n'avaient pas vu le temps passer. Pour en rajouter dans la convivialité, Katharina avait proposé qu'elles éclusent un verre de schnaps. Magdalena avait accepté bien volontiers. Elles avaient bu un verre, puis deux, puis trois. Ensuite… elles n'avaient plus compté… Magdalena se souvenait juste qu'elles avaient terminé la bouteille au goulot en pouffant de rire comme des collégiennes.

L'alcool est un extraordinaire désinhibant… Moins de pudeur, moins de réserve, plus d'euphorie… Magdalena avait somnolé un moment… Quand elle s'était réveillée, Katharina n'y était pas allée par quatre chemins :

— Quel bonheur d'être seule avec toi, très chère Magda ! avait-elle soupiré sur un ton complice.

Elle s'était approchée de son amie, l'avait regardée longuement les yeux dans les yeux. Les siens étaient fiévreux et des flammes semblaient lui brûler le visage tant ses joues étaient empourprées :

— Dansons ensemble pour fêter ça !

Pourquoi pas ?

Magdalena s'était levée. Après tout, alors qu'elle était en train de s'engourdir, un peu d'exercice lui ferait le plus grand bien !

Katharina avait de nouveau fixé Magda du regard. Soudain, elle s'était sentie possédée de façon démoniaque par un désir d'une puissance inouïe, venu du cœur de sa sensualité, des tréfonds de son être le plus intime. Elles étaient debout, l'une et l'autre, face à face. Katharina avait fait un effort incommensurable (imperceptible pensait-elle, mais Magdalena l'avait perçu) pour contenir ses pulsions, en masquer l'animalité, les humaniser pour ne pas effrayer Magdalena. Elle avait enlacé son amie avec une infinie tendresse, puis caressé sa chevelure. Ses mains étaient descendues jusqu'aux seins, pour seulement en effleurer avec délicatesse les aréoles qui pointaient sous les vêtements. Magdalena, prise au dépourvu, envoûtée, n'avait opposé aucune résistance quand Katharina l'avait embrassée avec fougue. Un baiser interminable qui s'était prolongé jusqu'à ce qu'elles éprouvent l'impérieux besoin de reprendre leur respiration. Comme si elles remontaient à la surface de la mer après une longue plongée en apnée. Katharina avait, dans un souffle, murmuré :

— Je t'aime.

— Tu es mon amie, lui avait répondu Magdalena avec retenue, un peu sonnée, un peu perdue.

Une phrase banale, mais ouverte…

Pour la rassurer, Katharina lui avait souri. Blonde aux longs cheveux, elle avait l'allure d'une madone nordique ou d'une princesse des légendaires Peuples de la mer. Puis elle avait dit en fixant Magdalena avec solennité, mais comme dans un rêve où tout est un peu flouté, évanescent, et les bruits, assourdis :

— Je crois que Dieu aime l'amour.

Elle était restée silencieuse un instant, et avait ajouté :

— Homme, femme… il s'en moque…

Magdalena, pour se donner une contenance, ne pas rester coite, avait cru bon d'interroger :

— D'où tiens-tu cette conviction ?

Katharina avait répondu, sûre de ses arguments :

— « Aimez-vous les uns les autres, comme je vous ai aimés. » Les apôtres ont rapporté ces paroles de Jésus. C'est dans la Bible noir sur blanc. Homme, femme… quelle importance ? Que dirais-tu si nous nous dévêtions pour être plus à l'aise et si nous nous couchions pour jouir d'un repos bien mérité après cet après-midi laborieux ? avait-elle poursuivi.

Comme Magdalena restait silencieuse et figée, Katharina s'était crue autorisée à poursuivre :

— Je peux t'aider à te déshabiller si tu es trop lasse pour le faire toi-même. J'adore ça, effeuiller les amies pour lesquelles j'éprouve… plus que de l'amitié. Je connais aussi les caresses qui font du bien, qui détendent. On me dit souvent que j'aurais pu être kinésithérapeute. J'ai dans ma salle de bains des huiles aux pouvoirs… magiques et une belle baignoire émaillée de blanc sur pieds patte d'aigle en métal argenté dont je suis très fière… Tu verras, je vais te faire découvrir des sensations incroyablement nouvelles. Mais d'abord, laisse-toi aller et fais-moi confiance.

Sa voix était douce. Magdalena était sous le charme. Plus que grisée : dans un état second comparable à l'ivresse. Et pourtant, une voix intérieure – sans doute celle de sa morale chrétienne – l'exhortait : *Ressaisis-toi, sinon tu vas basculer et te perdre à jamais.* Elle avait lutté un moment pour se sauver. Sa foi l'avait aidée. Elle était enfin sortie de son silence pour dire :

— Katharina, je ne me sens pas bien. J'ai la tête qui tourne et je suis prise de vertige. Ce doit être l'alcool. Je dois rentrer chez moi. Je mets mes chaussures, je prends ma veste, mon sac, et je file avant qu'il fasse nuit.

26

Les relations de Katharina et de Magdalena étaient devenues un peu plus compliquées dans les jours et les semaines qui avaient suivi. Chaque fois que les deux amies se rencontraient, à La Femme et l'Enfant ou ailleurs – un pique-nique sur les bords de la Spree, un rendez-vous dans un parc pour une balade et quelques confidences… –, le non-dit était assourdissant.

Un jour du mois de mai, Katharina avait annoncé joyeusement qu'elle était désormais une adulte : elle allait avoir 18 ans et s'apprêtait à quitter la *Hitlerjugend*. Elle atteignait la limite d'âge au sein de ce mouvement destiné aux enfants et aux adolescentes.

Magdalena avait fait part de son étonnement :

— J'ignorais que tu appartenais aux Jeunesses hitlériennes et que tu étais une militante de la cause nationale-socialiste.

Katharina avait réagi en riant :

— Non, non, je ne suis pas faite pour le militantisme. Je me suis inscrite au BDM, au printemps 1933, voilà deux ans, au moment de l'arrivée d'Hitler au pouvoir. Je voulais profiter, dès le mois de juillet de cette année-là, des camps d'été...

Magdalena avait interrompu son amie :

— Je comprends. Les camps de vacances du parti nazi ont la réputation d'être bien organisés et de se dérouler dans une ambiance chaleureuse. Mais pourquoi ne m'en as-tu jamais parlé ?

— Désolée, Magda, j'étais persuadée de l'avoir fait. Donc je poursuis. Plusieurs amies m'avaient vivement conseillé ces camps où tout se passait simplement et dans la bonne humeur à condition qu'on dispose de quelques vertus cardinales : le courage, l'amour de la patrie et l'allégeance au Führer. Bien entendu, pour déposer un dossier de candidature, de façon sérieuse, il fallait – en préalable – être de nationalité allemande et de race aryenne. Normal. Les séjours estampillés BDM avaient l'allure de grandes colonies de vacances ou de camps scouts. L'ambiance y était joyeuse, musicale et sportive avec de grands jeux de piste, des bivouacs.

Enthousiaste comme à l'accoutumée, Katharina avait raconté à Magdalena par le menu son expérience. Le Mouvement était dirigé par une figure charismatique du parti nazi, la psychologue Jutta Rüdiger, qu'elle avait eu la chance de rencontrer à deux occasions. Intelligente et visionnaire, Jutta Rüdiger avait le leadership dans le sang. Elle était pragmatique et moderne. Ainsi, pour elle, la sexualité pouvait être considérée, d'une certaine façon, comme une activité naturelle située entre la gymnastique et l'hygiène corporelle.

Katharina avait précisé qu'une grande nuit du solstice d'été était prévue pour le 21 juin, au cours de laquelle on fêterait son départ. Elle pourrait y inviter une amie de son choix aux seules conditions qu'elle soit de race aryenne et qu'elle soutienne ardemment la révolution nationale-socialiste. Bien naturellement, elle avait pensé à Magdalena pour cet événement nocturne dont elle promettait qu'il serait « époustouflant ».

Dans un premier temps, Magdalena avait gentiment décliné l'invitation, arguant d'un emploi du temps toujours très chargé à la veille de l'été, et de contraintes familiales particulières cette saison-là. Il lui paraissait déplacé de participer, sans son mari, à une fête nocturne avec des jeunes filles à peine au sortir de l'adolescence. Mais Katharina avait su insister en douceur – cela lui avait pris plusieurs jours – et avec son sourire désarmant, elle avait fini par obtenir gain de cause : son amie, sa chère amie, viendrait à la nuit du solstice d'été ! Andreas serait en voyage professionnel à cette date, Magdalena s'en était assurée.

— Oh merci, Magda. Je suis heureuse que tu aies accepté. Tu verras, avait-elle dit, tu passeras un bon moment, mes amies sont vraiment agréables à vivre. Et puis, toi et moi, je l'espère, nous en profiterons pour enterrer cette petite hache de guerre qui me fend le cœur et retrouver une relation plus tendre !

Ces sous-entendus, certes, restaient légers, le ton de Katharina était pétillant de vie, mais toute allusion à ce qui s'était passé lors de leur thé printanier mettait Magadalena mal à l'aise et ravivait sa culpabilité de chrétienne, ceci d'autant plus que lors de sa dernière confession en l'église Notre-Dame-de-l'Assomption, elle n'avait pas osé avouer ce péché de la chair concupiscente. La différence d'âge – douze années les séparaient – ajoutait à son malaise. Avec une pointe d'irritation dans la voix, Magdalena avait demandé :

— Mais de quelle petite hache me parles-tu donc ? Je ne comprends pas ton propos.

Katharina avait perçu le jeu et elle s'était contentée d'éluder :

— Oh, rien… cela n'a aucune importance… n'en parlons plus.

Le soir du 21 juin, elles étaient parties à bicyclette pour rejoindre un petit lac perdu dans une forêt de la banlieue sud de Berlin. Elles avaient pédalé pendant plus d'une heure et demie, sous un magnifique soleil déclinant. Elles ne rentreraient que le lendemain dans la matinée après une nuit probablement blanche.

Magdalena ignorait la teneur de cette fête « aux flambeaux » en pleine nature, le jour le plus long de l'année. Katharina avait joué les mystérieuses pour ménager les effets de surprise. Vers 19 heures, elles étaient arrivées sur les berges d'une vaste nappe d'eau bordée d'ajoncs au cœur d'une forêt aux essences multiples, mais où le hêtre et le bouleau dominaient. Un groupe d'une douzaine de jeunes femmes – peut-être serait-il plus juste de dire jeunes filles – les attendait autour d'un feu de camp. Au jugé, elles semblaient toutes être aux abords de l'âge adulte, on aurait pu leur prêter entre 16 et 18 ans. Des torches avaient été fixées à même le sol. À cette heure, le paysage était nimbé d'une lumière chaude et rougeoyante qui n'avait pas encore viré au chien et loup crépusculaire. Il y avait quelque chose d'exotique et un je-ne-sais-quoi de mystérieux. Comme s'il se fût agi d'une réunion clandestine de conspirateurs. On aurait pu se croire en Afrique, à ce moment du jour déclinant où les fauves cherchent un plan d'eau pour y étancher leur soif. Toutes les filles portaient l'uniforme des Jeunesses hitlériennes, sauf quatre d'entre elles qui venaient de prendre un bain. Ces dernières, entièrement nues, se séchaient, allongées sur un tapis herbeux surplombant le lac comme un opportun ressui. Elles profitaient des rayons du soleil couchant qui embrasait l'horizon. Elles semblaient être des habituées du naturisme, encouragé par le régime nazi et la revue *Neues Volk*. Elles s'étaient levées, sans indécence, mais sans fausse pudibonderie, pour venir saluer les arrivantes. Aucune d'elles n'avait pris la peine de cacher sa nudité, ne fût-ce qu'avec une serviette nouée en paréo tahitien. Magdalena avait remarqué un détail : chacune portait, comme seule parure, un tatouage sous le sein droit qui représentait une croix gammée.

Plusieurs drapeaux arborant l'aigle impérial – devenu l'un des emblèmes du nouveau régime – avaient été accrochés dans les arbres qui surplombaient les lieux. Celle qui semblait être la maîtresse de cérémonie s'était approchée, très avenante, enjouée même, et elle s'était présentée : elle s'appelait Charlotte et avait 18 ans. Elle aussi s'apprêtait à quitter les Jeunesses hitlériennes en raison de son âge. Elle avait souhaité la bienvenue à Katharina et à Magdalena en faisant le salut nazi, bras levé, et en criant un *Heil Hitler !* repris à l'unisson par toutes.

Le ton était donné.

En début de soirée, en voyant toutes ces filles nues aller et venir sans aucune gêne, Magdalena avait éprouvé un malaise, le sentiment de s'être fait piéger... Elle était heurtée dans sa morale de chrétienne. Elle aurait dû partir à ce moment-là, exprimer sa désapprobation, sinon sa colère. Elle n'avait pas bronché et il était acquis qu'elle passerait toute la nuit sur ce bout de territoire gorgé d'eau, dont le fouillis végétal donnait une impression de bout du monde. Elle regarderait passer les heures jusqu'au petit matin, à la belle étoile, aux côtés de Katharina, à écouter des chants nazis accompagnés par des guitares et deux harmonicas de belle facture estampillés Trossingen. Magdalena avait noté ce détail parce que, depuis longtemps, elle s'intéressait aux instruments de musique. Ces objets la subjuguaient. Lorsqu'ils ne produisaient pas des sons, ils n'étaient que de la matière vulgaire et inerte – du bois, du métal, de l'ivoire, de la peau animale écharnée et tannée. Mais ils devenaient soudain, par la grâce du talent humain, des ponts sacrés connectés avec le divin. Elle-même jouait du piano de façon très honorable. On disait qu'elle avait un excellent toucher. Andreas trouvait son répertoire trop classique. Il aurait aimé qu'elle se mette au jazz. Voilà la vérité. Elle ne pouvait tout de même pas s'adonner à la musique nègre ! Ils n'avaient décidément, son mari et elle, pas la même vision du monde...

À minuit, à l'instant précis du solstice, pour marquer le passage du printemps à l'été, une jeune officiante qui prenait un air inspiré de gourou ou de sorcier vaudou, s'était approchée du feu de camp. Elle s'était dévêtue devant tout le monde sans la moindre gêne. Puis elle avait jeté des couronnes de fleurs dans un brasier dédié à cette cérémonie en déclarant, grandiloquente :

— Nous sentons en nous le pouls des millénaires. Nous dédions cette nuit blanche à tous les héros et martyrs qui ont forgé l'âme et la Nation germaniques et à notre Führer. *Heil Hitler !*

Elle s'était approchée du feu qui purifie et mise à danser dans un état paranormal. Une transe dionysiaque qui exprimait sa part obscure... Alors qu'elle semblait atteindre l'acmé de son extase, toutes les filles, y compris Katharina, avaient rejoint la sarabande du feu sacré après s'être déshabillées, sans doute pour mieux se fondre dans ce décor naturel et trouver plus aisément la vérité de ce rite païen qui semblait remonter à la nuit des temps. L'une des jeunes filles frappait sur un tambour. Et toutes s'étaient mises dans le rythme des percussions. Elles s'étaient prises par la main et avaient amorcé une ronde infernale : elles allaient de plus en plus vite jusqu'à en avoir le tournis. Cette cérémonie musicale avait duré près d'une heure.

Magdalena avait éprouvé, lors de cette « Fête noire », une sidération qui ressemblait à celle de l'homme primitif devant le feu… Ce constat lui avait glacé le sang. De même, en voyant ces belles filles dénudées, elle avait ressenti des émotions sensuelles nouvelles qui la troublaient au plus haut point. Elle aussi, sous son léger vernis d'humanité, était agitée par des forces mystérieuses, des pulsions animales. Le mal était contagieux. Il séduisait. Il irradiait. Quand on lui laissait franchir les portes de la cité, on prenait tous les risques.

Charlotte, la *Führerin* en herbe, avait profité de cette nuit à la fois festive et initiatique pour « placer » ses messages de militante de la cause nazie. Elle avait expliqué que les Jeunesses hitlériennes combattaient – outre le bolchevisme qui avait gangrené la Russie voisine des terres germaniques – le matérialisme décadent hérité du capitalisme sans frontières et de la

République de Weimar, en s'appuyant sur des valeurs et en donnant en toutes choses priorité au Peuple, à la race, au Reich. Tous ces mots appris par cœur sonnaient comme des slogans. Ils étaient déclamés comme des vérités premières et dernières ne souffrant aucune remise en question.

Magdalena n'était rentrée chez elle que le lendemain matin, comme toutes ces filles fanatisées, toutes amoureuses d'Hitler, et qui auraient sans hésiter donné leur corps, leur âme, leur vie pour le Führer. Elle avait participé à une nuit où les symboles nazis et ceux d'un très ancien paganisme germanique, balte et scandinave s'étaient mêlés en un cocktail étrange pour fêter l'arrivée de l'été, promesse de lumière. Katharina et elle – à cette occasion – avaient renoué avec leur amitié... particulière.

Au petit matin, Charlotte avait proposé que toutes descendent au lac pour s'y baigner en accueillant les premières lueurs du jour estival, les premiers rayons du soleil. Chacune pourrait par la même occasion y faire ses ablutions. La proposition avait fait l'unanimité et avait été accueillie par des applaudissements. Magdalena s'était laissé entraîner dans le mouvement juvénile, plein d'énergie, de pulsions ardentes, de désirs inavoués...

Magda et Kate s'étaient baignées longuement, en se mettant un peu à l'écart toutes les deux. Lorsqu'elles étaient sorties de l'eau, la fraîcheur du petit matin avait envahi les lieux. Magdalena grelottait. Elle s'était glissée nue, après s'être essuyée, dans un sac de couchage comme ceux des alpinistes. Katharina l'avait rejointe et Magdalena avait immédiatement senti la chaleur du corps jeune et vigoureux de son amie. Probablement parce qu'elle était un peu « pompette », elle s'était laissé aller.

C'était bon, doux, grisant. Le reste avait été l'affaire de Katharina… enfin… pas seulement d'elle….

En milieu de matinée, à l'heure de la séparation, Charlotte avait réuni toutes les participantes à cette « nuit sacrée » une dernière fois autour du feu dont il ne restait que quelques braises incandescentes. Le décor semblait irréel. Charlotte avait expliqué que cette nuit d'incantations et de mélopées qui faisait toute sa place au verbe déclamé répondait parfaitement à la recommandation du Führer. Pour l'attester, elle avait lu religieusement un court passage de la nouvelle bible du peuple allemand, *Mein Kampf*, dans lequel Adolf Hitler, se campant en « Tambour rassembleur » convaincu de « la puissance magique de la parole », condamnait avec une ironie mordante les « hommes de l'écrit » (écrivains et journalistes, professeurs d'université, bibliothécaires…), tous ces « chevaliers de l'encrier ». « Jamais, martelait-il, les grandes révolutions de ce monde ne se sont faites sous le signe de la plume d'oie. »

Magdalena avait eu une pensée pour Andreas et son métier de journaliste. À l'issue de cette harangue qui semblait improvisée (mais peut-être avait-elle été mise en scène de longue date ?), elle aussi avait fait le salut nazi.

Que s'était-il passé dans sa tête, dans son cœur pour qu'elle cède aux assauts de son amie Katharina ? Elle avait fait plus que céder. Elle en avait redemandé encore et encore. Il y avait eu cette ambiance nocturne, irréelle, mystérieuse, estivale, rythmée par des rituels, une musique lancinante, incantatoire… Et la chaleur du feu de camp. Celle, aussi, d'une franche camaraderie enthousiaste, enveloppante, bon enfant. Oui, Magdalena se souvenait qu'il faisait très chaud cette nuit-là. Il avait fallu boire beaucoup pour étancher sa soif. Quelques gourdes d'eau avaient circulé. Mais aussi de l'alcool, beaucoup d'alcool… Il avait surchauffé les esprits… et annihilé la vigilance de Magdalena. La bière, une blonde au goût puissant et à la mousse bien blanche, et le vin, un excellent müller-thurgau du pays de Bade, un blanc fleuri et muscaté, avaient participé à une forme d'ivresse démoniaque…

À froid, une fois rentrée chez elle, Magdalena s'était fait d'amers reproches. Mais à quoi bon pleurer sur le lait renversé ?

Trop tard.

27

Pendant tout l'été qui avait suivi, Magdalena n'avait pas cherché à voir son amie. Katharina avait eu la délicatesse de ne pas se manifester. Le temps efface bien des blessures. À la fin du mois de septembre, alors que l'automne s'installait sur les avenues et dans les jardins, les parcs de la capitale, Magdalena avait « digéré » la nuit du solstice d'été. Pour autant, elle ne s'en était pas confessée. Cet aveu n'était pas possible. En tout cas, elle ne s'en sentait pas capable. Elle vivrait désormais avec ce péché de concupiscence assouvi et non avoué, donc non pardonné.

Katharina n'était pas fortunée, néanmoins elle partait tous les dimanches à la campagne. Des amis nationaux-socialistes avaient une charmante maison dans la banlieue de Berlin, au bord de la Spree, et l'accueillaient ainsi que d'autres jeunes femmes.

Un jeudi de fin d'octobre, Katharina avait lancé d'un ton léger, mais convaincant :

— Magda, ma chérie, tu as vraiment mauvaise mine, tu devrais venir te mettre au vert avec moi ! J'ai parlé de toi à mes amis et ils ont hâte de te connaître. Libère-toi dimanche et accompagne-moi. Allez, fais-le pour toi. Et pour moi !

Magdalena avait hésité. Elle n'aimait pas les mondanités, encore moins l'inconnu, et, de surcroît, ce jour-là était sacré pour ses parents. Comment aurait-elle pu manquer le rituel ? Puis, elle s'était souvenue qu'Andreas couvrait une compétition pour son journal et serait absent du samedi matin au lundi soir. Elle pourrait raconter à sa mère qu'elle s'était exceptionnellement engagée à consacrer sa journée de dimanche à une quelconque fête de charité. Échafauder ce plan l'avait emplie de culpabilité. Cependant, elle s'était entendue répondre :

— D'accord, Kate, compte sur moi !

Le jour venu, elles avaient fait le voyage ensemble. Tramway, autobus, puis un bon kilomètre à pied jusqu'au manoir baptisé *Le Crépuscule des dieux*, comme l'opéra de Wagner. Elle se souvenait que ce nom l'avait un peu inquiétée. C'était donc la fameuse « maison sur la Spree » dont avait tant parlé Kate : une immense demeure bourgeoise près des berges, entourée d'un parc planté de frênes et de peupliers. Elle devait dater du siècle précédent, mais ses tourelles lui donnaient une allure médiévale. On s'approchait de la Toussaint, il faisait beau et plutôt doux. Les feuillages aux couleurs automnales illuminaient le jardin. Aucun bruit ne troublait cette féerie.

Katharina, enjouée et détendue, avait ouvert la grille sans prendre la peine de sonner, comme si elle était chez elle. Magdalena, elle, avait eu l'impression d'entrer par effraction dans un monde interdit. Une étrange ivresse l'avait envahie tandis qu'elles remontaient la longue allée qui conduisait au pied d'un imposant escalier à double révolution. Elle n'avait pas quitté le centre de Berlin depuis des semaines. L'air, la nature, le calme la grisaient ; cette escapade lui semblait exotique…

Magdalena éprouvait toutefois un malaise, une peur diffuse qui étaient le produit de deux injonctions contradictoires : le désir de faire demi-tour et de retrouver au plus vite son appartement d'Unter den Linden, et celui, irrépressible, de percer un mystère dont la clé devait se trouver dans cette maison. Elle ne cessait de penser au conte préféré de son enfance, *Les Aventures d'Alice au pays des Merveilles* de Lewis Carroll : au moment où l'enfant passe de l'autre côté du miroir, qui peut dire si elle va pénétrer dans un univers merveilleux ou cauchemardesque ?

Pendant qu'elles traversaient le parc, Katharina lui avait confié :

— Cette bâtisse et tout le domaine appartenaient à une famille juive, qui possédait également une entreprise forestière dans la région. Ils étalaient leur argent avec beaucoup d'arrogance. Et ils menaient leur personnel à la dure, sans la moindre bienveillance. Alors, quand ils sont partis à l'étranger à l'automne dernier, emmenant leur « tribu » au grand complet, tout le monde ici a pensé : bon débarras !

En regardant l'impressionnante façade de pierre sombre qui se profilait, elle avait ajouté en riant :

— Pourvu qu'ils n'aient pas enterré de cadavres dans les caves ! On dit que les youpins enlèvent des petits chrétiens et utilisent leur sang pour faire le pain azyme dont ils ont besoin pour leurs fêtes.

— Tu plaisantes, j'espère ? s'était inquiétée Magdalena.

— Oui ! C'est une légende. Il n'empêche : bon débarras !

Les amis de Katharina avaient dû les voir arriver. Ils se tenaient tous en haut des marches, devant la porte d'entrée. Six hommes. Magdalena avait été surprise qu'il n'y ait aucune femme à leurs côtés. Ils les attendaient, souriants, et leur avaient adressé des signes cordiaux de la main dès qu'elles s'étaient trouvées aux abords de la bâtisse.

Kate s'était exclamée avec beaucoup de fierté dans la voix :

— Je te présente mes beaux chevaliers de l'Ordre noir !

Puis, très enjouée, elle avait ajouté :

— Tu verras, ils rivalisent d'intelligence, d'élégance… et de charme ! C'est délicieux d'être une femme auprès de ces gentlemen.

Au *Crépuscule des dieux*, Magdalena avait découvert ce que signifiait concrètement un « mariage biologique ». La maison était habitée par un groupe de jeunes SS soudés par la camaraderie militante et partageant une sorte de vie communautaire dans ce lieu qu'ils louaient à une société immobilière rattachée au NSDAP. Ils devaient avoir entre vingt-cinq et vingt-huit ans et s'étaient présentés à elle en la saluant d'un cordial *Heil Hitler* ! Les uns et les autres avaient annoncé sans détour qu'ils travaillaient dans les services de renseignements ou de police commandés par Heinrich Himmler. Seul Karl était chercheur : il se consacrait à l'anthropologie raciale et participait à un programme pour la purification de la population allemande.

Katharina avait très vite expliqué à Magdalena, avec beaucoup de naturel, qu'elle fréquentait les lieux depuis un bon semestre et y rencontrait d'autres filles qui venaient ici pour les mêmes raisons qu'elle : avoir des relations sexuelles avec un aryen et se faire engrosser au plus vite pour servir le Reich et son Führer.

Elle aimait aussi – pourquoi l'aurait-elle caché à son amie ? – passer quelques heures entre les bras d'un amant expérimenté qui réveillait ses sens engourdis par une longue semaine de travail et de solitude. N'était-ce pas de son âge ? Et le gouvernement n'avait-il pas donné sa bénédiction en invitant les membres de la SS à engendrer au moins quatre enfants ? Au sein d'un mariage ou non, peu importait. Une cadre de La Femme et l'Enfant lui avait tout particulièrement recommandé Hans Zimmer parce qu'il était « d'une pureté raciale et d'une virilité incroyables » : un géant blond d'un mètre quatre-vingt-quinze, taillé comme un athlète et doté d'un incontestable charisme. Hans semblait être le chef de la bande et Katharina n'avait aucun doute : il était le père de l'enfant qu'elle portait, puisqu'il était le seul avec qui elle avait eu des relations sexuelles tout au long du mois où, selon ses calculs, elle était tombée enceinte.

Le déjeuner avait été très arrosé : bière blonde, rousse, puis schnaps. Il s'était tenu dans une vaste salle à manger agrémentée de deux cheminées imposantes et décorée, sur tout un pan de mur, d'une fresque représentant une bacchanale antique : des faunesses à la poitrine généreuse dansant une farandole avec des hommes-boucs, à la barbe et aux cheveux hirsutes, qui exhibaient des sexes en érection. Les six « chevaliers de l'Ordre noir » étaient tous en uniforme, et cette extrême rigueur vestimentaire contrastait avec le décor de la pièce.

On avait beaucoup ri, puis chanté. Après le café, vers 3 heures, Katharina avait lancé haut et fort :

— Magda, tu devrais essayer Hans ! Je veux bien te le prêter, il est d'accord et tu lui plais. Ne t'en fais pas pour moi, j'irai passer un moment avec Thomas…

Pour séduire Magdalena, Hans y était allé à la hussarde :

— Magda, montons dans ma chambre, tu es fatiguée, tu vas te reposer et, pendant ce temps, je m'occuperai de toi tendrement, je te ferai un joli bébé.

Prise de vertiges, les jambes tremblantes, le corps parcouru de frissons, prête à défaillir, Magda, dans un premier temps, s'était trouvée incapable de réagir. Le même trouble que sur l'île de Sylt, lors des séances amoureuses sous la douche avec Andreas. Un mélange singulier d'étourdissement, de culpabilité et de frayeur, mais aussi d'attirance irrésistible devant la transgression et l'inconnu.

Après un long silence, d'une voix sourde, elle avait répondu :

— Non, je ne veux pas.

(Ou peut-être avait-elle dit : « Je ne peux pas », elle ne se souvenait plus très bien, et quelle importance ?)

Profondément mal à l'aise, elle avait rougi, bafouillé deux ou trois mots stupides, puis s'était éclipsée dans le parc.

Son désir forcené, hystérique de maternité expliquait-il les secondes d'égarement ?

En partie seulement.

Elle s'était enivrée, au fil des mois, de toutes les idées nouvelles portées par la révolution nazie. Elles lui avaient fait perdre tous les repères qui balisaient sa vie depuis sa plus tendre enfance. Sur ce terreau, il avait suffi qu'elle se retrouve à la campagne, dans cette étrange garçonnière, qu'elle fasse la connaissance des amis de Katharina sanglés dans leurs beaux costumes noirs Hugo Boss de la *Schutzstaffel* pour sentir monter en elle un désir brutal et insensé. Dans une sorte de logique folle, au moment où elle hésitait le plus, avant de se ressaisir *in extremis*, elle avait songé qu'en couchant avec Hans, elle pourrait enfin être mère. Et sauver son couple, sa vie. Andreas n'en saurait jamais rien. Peut-être n'était-il pas trop tard pour eux ? Avoir un bébé leur assurerait enfin le bonheur auquel ils avaient droit. Le père véritable ? Quelle importance ! Les nazis eux-mêmes n'avaient rien contre les enfants naturels, s'ils étaient de bonne race.

Magdalena, en catholique rigoureuse, n'avait jamais eu de relations adultérines. Elle avait vu dans ces instants de tentation l'œuvre du diable. Et dans son refus d'y céder, l'aide de Dieu.

Pour surmonter la violente émotion provoquée par la proposition de Hans, elle avait longuement marché dans les allées du parc couvertes de feuilles mortes, caressée par les rayons du soleil automnal. Avant de se recroqueviller au pied d'un arbre et d'éclater en sanglots.

Puis elle était revenue au manoir et, très gentiment, avait dit à Katharina :

— Maintenant, je souhaite rentrer à Berlin.

Rien d'autre.

Elles étaient reparties bras dessus, bras dessous, après avoir salué leurs hôtes et promis de revenir bientôt.

Lorsqu'elles s'étaient revues quelques jours plus tard dans les locaux de La Femme et l'Enfant, tout était comme avant. Elles s'étaient embrassées chaleureusement pour bien signifier que leur amitié était intacte.

Dans les jours qui avaient suivi ce dimanche à la campagne où tout avait failli basculer, Magdalena s'était juré de ne jamais retourner au *Crépuscule des dieux.* Elle avait continué à fréquenter Katharina, mais pas « ses » chevaliers noirs.

Elle avait tenu. Pendant des mois.

Mais les deux semaines d'absence d'Andreas pour les Jeux lui avaient donné un tel sentiment de liberté qu'elle avait fini par céder à Hans lorsqu'il lui avait téléphoné pour lui proposer un rendez-vous. Dans un premier temps, elle s'était convaincue que ça ne tirerait pas à conséquence. Elle avait simplement envie de le revoir, de discuter avec lui :

— Retrouvons-nous dans un café, lui avait-elle dit. N'importe lequel, choisis !

Il avait ri de ces précautions de collégienne et répondu :

— Magda, je n'aime pas les cafés de Berlin. Qu'il s'agisse du *Romanisches*, du *Kranzler* ou de n'importe quel autre, tous les sionistes y avaient leur table au temps de Weimar. De mauvais souvenirs. Rejoins-moi plutôt au *Crépuscule des dieux.* Demain, mardi, à 14 heures.

Prise au dépourvu, elle avait accepté dans un filet de voix.

Elle baissait la garde, éprouvant de nouveau ce désir qui lui brûlait le ventre.

Désormais, elle regrettait son égarement et une angoisse irraisonnée la tenaillait. Il fallait que l'entrevue de demain fût la dernière, qu'elle mette un point final à cette relation vénéneuse. Depuis qu'elle avait franchi quelques mois plus tôt la grille du *Crépuscule des dieux*, un poison lui rongeait le corps et l'esprit.

Mardi 18 février 1936

28

Andreas venait d'arriver à Berlin après un périple en train épuisant. L'horloge du hall de la gare indiquait 20 heures 45. Il acheta deux quotidiens du soir, jeta un coup d'œil à leurs unes, enfila son pardessus et sortit. Dehors, l'air était polaire. Il repéra la Mercedes noire qui l'attendait à l'endroit convenu : elle stationnait, tous feux allumés, dans le prolongement de la file de taxis. Il s'engouffra à l'arrière du véhicule et prononça, en guise de mot de passe, un vers tiré du *Faust* de Goethe :

— L'éternel féminin nous élève.

Le chauffeur dont il aperçut à peine le visage dans la pénombre ne prit pas la peine de répondre. Il démarra en trombe et ils filèrent bientôt sur la Tauentzienstrasse, vaguement éclairée par les vitrines et les panneaux publicitaires lumineux. Puis la berline traversa le quartier du Ku'damm, moins mondain que dans les années 1920, mais toujours très animé avec ses théâtres et ses cinémas. Malgré l'heure tardive, et bien que l'on fût un mardi soir de février, il vit de nombreux passants sur les trottoirs, bizarrement immobiles au pied des immeubles cossus, comme au garde-à-vous. Autour d'eux, une sorte de brume les faisait ressembler dans la nuit à des fantômes, sans doute à cause de la pollution dont Andreas avait perdu l'habitude après deux semaines à la montagne. La Mercedes slalomait entre les berlines et le tramway jusqu'à un embouteillage qui les contraignit à ralentir au niveau de l'immeuble du Journal. Andreas constata que la façade du bâtiment avait été modifiée. Un immense aigle impérial doré ornait désormais un mur. L'oiseau prédateur enserrait dans ses griffes une sphère symbolisant la Terre, qui reflétait la lumière des réverbères. Le tout lui parut assez ostentatoire. De grands drapeaux rouges à croix gammée flottaient aux fenêtres de chaque étage. Andreas se demanda si Ralph Becker souhaitait ainsi fêter les médailles remportées aux JO par l'Allemagne. Façon pour lui de montrer à Goebbels à quel point il avait la fibre patriotique.

Le véhicule reprit sa course folle. La capitale était désormais enveloppée d'un brouillard si épais qu'Andreas finit par perdre tout repère. Par moments, il lui semblait qu'on tournait en rond et qu'ils étaient déjà passés à tel ou tel endroit. Le chauffeur s'efforçait-il de semer une automobile qui les aurait pris en filature à la Gare centrale ?

Depuis l'instant où il s'était installé sur la banquette arrière de la berline, Andreas avait l'impression de se trouver dans le film d'Alfred Hitchcock, *L'Homme qui en savait trop*. Comme dans ce chef-d'œuvre bâti sur des effets de contraste chromatique – du blanc immaculé des pentes neigeuses de Saint-Moritz aux rues de Londres, sombres et oppressantes –, il connaissait un changement de décor et de couleur brutal entre les Alpes bavaroises, qu'il contemplait hier encore, et le paysage urbain et nocturne qui défilait maintenant sous ses yeux. Sauf qu'il ne s'apprêtait pas, comme les héros du film, à vivre une descente aux enfers, mais une ascension dont la perspective le rendait impatient et fébrile.

Le véhicule s'arrêta brusquement au pied d'un bâtiment à l'architecture Art moderne, et le conducteur annonça :

— Mlle Rosenberg vous attend ici, au numéro 12, quatrième étage gauche.

Andreas remercia chaleureusement l'homme et lui tendit la main. Ce dernier ignora le geste et lâcha sans même se retourner :

— Dépêchez-vous, avant qu'on nous repère. Ma mission est terminée. Le reste vous regarde.

Afin d'éviter d'attirer l'attention, Andreas n'alluma pas dans le hall de l'immeuble. Il renonça à appeler l'ascenseur et monta à pied, dans l'obscurité, les quatre étages. Quand il arriva sur le palier du quatrième, la porte de l'appartement était entrouverte et, dans l'embrasure éclairée par la lampe du vestibule, il la vit. Sa belle Américaine était là, aussi incroyable que cela fût.

Susanna était vêtue d'un vaporeux déshabillé noir, ses longues boucles brunes recouvrant ses épaules.

Sans un mot, elle sourit à Andreas et lui fit signe d'entrer. À peine eut-elle refermé la porte à clé et éteint la lumière qu'elle se serra contre lui. Il sentit les effluves capiteux de son parfum et l'embrassa avec fougue. C'était leur premier baiser. Quand il relâcha son étreinte, il chuchota :

— Je crois que je t'aime.

Dans un souffle, elle lui murmura :

— Prouve-le-moi.

Et, plaquant son corps contre celui d'Andreas, l'irradiant de sa chaleur et de son désir, elle ajouta :

— Immédiatement.

Andreas la prit dans ses bras et sentit sa peau brûlante. Il la porta jusqu'à la chambre où un feu craquait dans la cheminée, la déposa délicatement sur le lit et lui retira la nuisette qui voilait sa nudité. Les flammes éclairaient suffisamment la pièce pour qu'il puisse voir le triangle noir de son sexe, la blancheur de son ventre, la rondeur de ses seins aux aréoles sombres. Susanna, à son tour, le déshabilla. Il voulut la caresser, mais elle l'arrêta et chuchota, d'une voix étouffée par le désir :

— Pénètre-moi !

Elle prit le sexe d'Andreas dans ses mains, l'accompagna, pour mieux le sentir entrer en elle, au plus profond. Ils restèrent longtemps l'un dans l'autre et, dans une étreinte fusionnelle, les yeux dans les yeux, jouirent au même instant. Un peu plus tard, ils recommencèrent. L'orgasme, pour elle comme pour lui, fut encore plus violent la deuxième fois. Ils n'étaient pas encore rassasiés. Mais ils éprouvèrent le besoin de faire une pause. On entendait dans la nuit leurs respirations haletantes, mais synchronisées, le souffle court des amants après des ébats fougueux. On percevait aussi les battements rapides de leurs deux cœurs, pris d'emballements qui exprimaient autant la fébrilité sensuelle que l'exaltation amoureuse naissante.

Soudain, on frappa contre la porte d'entrée.

Toc, toc, toc.

Toc, toc, toc.

Susanna se blottit dans les bras d'Andreas. Ils attendirent un moment, en silence, dans l'obscurité.

Mais l'intrus recommença.

Toc, toc, toc.

Les coups redoublèrent, de plus en plus violents.

TOC, TOC TOC ! TOC, TOC TOC ! TOC, TOC TOC !

— La Gestapo ! murmura Andreas.

On avait dû le suivre. Ou c'était l'homme à la Mercedes qui l'avait trahi…

29

Andreas perçut encore un instant les coups contre la porte de sa chambre :

TOC, TOC TOC ! TOC, TOC TOC ! TOC, TOC TOC !

Puis la voix d'un homme :

— Monsieur Kuppler ! Monsieur Kuppler ! Réveillez-vous ! Il est 7 heures, votre taxi est arrivé ! Vous allez manquer votre train.

Andreas se leva d'un bond et hurla :

— Oui, merci, j'arrive !

— Je tambourine depuis un bon moment déjà, précisa, comme pour s'excuser, le garçon d'étage de L'Auberge. J'ai cru un instant que vous étiez mort… ou parti cette nuit !

Andreas n'avait plus le temps de se doucher ni de se raser. Il s'habilla à la hâte, ferma sa valise, téléphona à la réception pour qu'on lui prépare sa note et du café noir. Moins d'un quart d'heure plus tard, il montait dans son taxi et demandait au chauffeur de rouler aussi vite que possible jusqu'à la gare de Garmisch.

La violence de ce réveil avait assommé Andreas.

Il se détendit, regrettant toutefois de ne pouvoir admirer les merveilles des Alpes bavaroises encore enténébrées : la vallée de Loisach, le Zugspitze, le toit de l'Allemagne qui culminait à près de trois mille mètres. Vers 8 heures, lorsqu'il arriva à la *Hauptbahnhof* de Munich, il eut le temps, avant de prendre la correspondance, de faire le plein de journaux – trois quotidiens et quatre magazines – et de boire deux tasses de café noir, comme il l'adorait : très serré, à l'italienne.

Dès qu'il fut assis dans le train pour Berlin, il éprouva un réel bien-être, malgré le rendez-vous qui l'attendait, le soir même, avec Ralph Becker. Il avait devant lui des heures de tranquillité pour lire, écrire, regarder la campagne défiler, dormir peut-être ou bavarder si le cœur lui en disait avec d'autres voyageurs.

Il commença par survoler la presse. Magdalena critiquait souvent le besoin insatiable qu'il avait d'acheter les journaux par brassées : « À quoi cela sert-il ? Tu fais semblant de les lire, tu ne regardes que les gros titres. Quel gaspillage ! » Il admettait que c'était absurde puisque tous les organes de presse, de même que la radio, avaient été « harmonisés » pour servir la propagande du régime. À quelques variantes près, autorisés pour éviter le mécontentement des lecteurs et leur désaffection, ils étaient donc tous semblables. Andreas était bien placé pour le savoir car le Journal de Ralph Becker ne dérogeait pas à la règle. Les services de Goebbels donnaient chaque jour des directives très précises sur la façon dont l'information devait être traitée : quels étaient les événements et les thèmes qu'il convenait d'aborder, quelle couleur dominante insuffler aux articles en une, quelles nouvelles passer sous silence ou traiter dans l'optique du régime, quels textes devaient être illustrés de photographies, etc. Aucun domaine n'échappait à ces instructions, et surtout pas le sport en cette année olympique où chaque record, chaque médaille mettait en jeu l'image du Reich. La quasi-totalité des rédactions appliquait avec zèle ces consignes. Les moins enthousiastes pratiquaient l'autocensure prudente, éludaient, gommaient les sujets non orthodoxes ou les aspérités qui auraient pu avoir un caractère antinational. Andreas se demanda pourquoi il continuait à butiner les journaux dans ces conditions. Cela devait relever, comme le sous-entendait Magdalena, d'une forme d'addiction.

Parmi les titres du soir, outre le bilan et le palmarès des Jeux d'hiver, il était question des événements en Espagne, de Franco, des anarchistes et du crime de Davos. On présentait comme un terroriste abject David Frankfurter, l'étudiant juif qui, quelques jours plus tôt, avait assassiné d'un coup de pistolet le chef de la section suisse du parti nazi, Wilhelm Gustloff. Les éditorialistes en profitaient pour revenir sur la question juive. Ils relataient les obsèques émouvantes et solennelles de Gustloff à Schwerin, sa ville natale située dans le Nord de l'Allemagne. Elles s'étaient déroulées devant une foule considérable, en présence d'Adolf Hitler qui avait tenu à rendre hommage à ce martyr de la cause nationale-socialiste. En fait, un pur salaud expatrié en terre helvète !

« Tadam, tadam… Tadam, tadam… Tadam, tadam… »

Andreas se laissa bercer par la cadence monotone des roues sur les rails, entrecoupée de temps à autre d'un coup de Klaxon violent, mais très bref qui s'inscrivait parfaitement dans cette composition musicale. Il comprenait que certains artistes se soient inspirés du balancement de la mélodie ferroviaire pour inventer le rolling blues et le boogie-woogie, cette manière nouvelle d'interpréter le blues au piano.

« Tadam, tadam… »

C'était tout à fait ça. Clarence Smith avait dû sillonner les chemins de fer de l'Amérique profonde avant de créer son *Pinetop's Boogie Woogie*.

Le nez collé contre la vitre froide, Andreas contempla le paysage. La lumière extérieure était encore blafarde. Il était 9 heures du matin. Unique passager de son compartiment, il en appréciait le luxe raisonnable : les placages de bois verni qui lambrissaient sobrement l'intérieur, les fauteuils confortables et, surtout, la certitude reposante que lui offrait cet univers clos de n'être pas importuné. Son esprit vagabondait. Faire un long voyage en train seul invitait à un cheminement intérieur que favorisaient les vibrations, la sensation de la vitesse, la campagne et les villes filant à toute allure telle une allégorie de la vie.

« Tadam, tadam… Tadam, tadam… Tadam, tadam… »

Ce rythme avait quelque chose d'apaisant. Andreas, repensant à son rêve, prit quelques notes rapides le concernant, s'amusa de la connotation que pouvait prendre le vers de Goethe choisi comme mot de passe.

« L'éternel féminin nous élève. »

La psychanalyse regardait avec intérêt ce type d'échappées verbales, les assimilant à des actes manqués très révélateurs. Il ne faisait pas de doute que ces mots traduisaient la force de son élan amoureux. Cette aventure onirique pouvait-elle être prémonitoire ? Andreas voulut le croire.

Il essaya de s'imaginer la vie de Susanna, en réunissant, comme on le fait pour un puzzle, toutes les pièces dont il disposait : ses voyages fréquents, ses compagnons de l'ombre, Lola-Lola et *L'Ange bleu*, John Michael Lee, le frère de cœur, son enfance dans l'Upper East Side. Andreas n'était encore jamais allé à New York, mais il pouvait aisément se figurer la ville, il avait lu tellement d'ouvrages ou d'articles concernant la cité-gratte-ciel, vu tant d'images fascinantes. Pour le reste, il savait très peu de choses de la femme qui faisait vibrer son cœur.

Il se ressaisit. Il lui fallait garder toute sa lucidité pour se préparer à ce qui l'attendait à Berlin. La veille, deux hommes, Ralph Becker et John Michael Lee, lui avaient fait comprendre qu'il était dans une situation difficile, voire périlleuse. Et la fin cauchemardesque de son rêve érotique interrompu au petit matin par un réveil brutal constituait une forme de mise en garde prémonitoire. Mille questions le taraudaient. Qu'allait lui révéler son patron ? Qui le surveillait exactement ? Quels étaient les rôles respectifs de la Gestapo et de cette officine nazie, plus ou moins sous le contrôle de la police secrète, à laquelle semblait appartenir son beau-père ? Se pouvait-il que Joseph Bock complotât contre lui ? Qu'attendaient de lui les autorités ? Qu'il renonce sans délai à une liaison fantasmée ? Qu'il donne des preuves fortes d'allégeance au Troisième Reich ? Qu'il rende spontanément sa carte de presse et change de métier ? Magdalena était-elle compromise dans toutes ces manigances ? S'était-elle fait piéger ? Était-elle manipulée ? Avait-on profité de sa fragilité ? Devait-il se résoudre au divorce ? Que voulait-il vraiment à la fin ? Tout se bousculait dans sa tête.

30

Magdalena se réveilla en sursaut. Tremblante. Qu'avait-elle entrevu dans les profondeurs de son sommeil ? Sortait-elle d'un cauchemar ? Son souffle était court. Son sang cognait dans sa poitrine comme celui d'un animal effrayé, affolé, traqué par les chasseurs. Son cœur battait à coups précipités sous l'effet d'une vive émotion qu'elle n'avait pas encore identifiée.

Elle écarquilla les yeux. Elle était perdue, confuse, ne reconnaissait pas les lieux. Puis elle s'habitua à la pénombre et au décor – au bout du compte si familier –, celui de la chambre conjugale des Kuppler, volets clos, dans leur bel appartement d'Unter den Linden... Le réveil marquait 10 heures.

Peu à peu, elle reprit pied. Tout lui revint. Sa vie, Andreas parti aux JO d'hiver à Garmisch-Partenkirchen… Il rentrerait ce soir – on était déjà mardi 18 février. Elle n'avait pas vu passer la dizaine de jours pourtant bien écoulée…

Elle songea aussi au rendez-vous qu'elle avait à 14 heures au *Crépuscule des dieux*... En écoutant les emballements de son cœur et de son souffle, elle eut soudain en tête l'expression « battre la chamade » : autrefois, dans une ville assiégée, cela signifiait qu'une batterie de « frappeurs de peau » annonçait à l'assaillant l'intention de capituler et de rendre les armes. Magdalena comprit les roulements de tambour qui agitaient ses tréfonds : ils exprimaient sa reddition. La défaite de sa volonté. Après un combat opiniâtre contre le Démon, elle acceptait de piétiner ses valeurs morales. Elle s'abandonnait, se rendait à l'ennemi.

Elle ne ferait pas les choses à moitié : dans quatre heures seulement, elle se donnerait à Hans corps et biens. Percluse de remords. Elle les éprouvait déjà, par anticipation, mais sans regret.

31

« Tadam, tadam… Tadam, tadam… Tadam, tadam… »

Andreas décida de consacrer l'essentiel de ce voyage en train à son manuscrit *La Flèche noire*, laissé de côté pendant deux semaines. Il était impatient de se remettre à l'écriture, de retrouver le héros auquel son livre serait entièrement dédié : Jesse Owens. Le « chantier littéraire » n'était encore qu'un bloc d'une centaine de feuillets couverts de pattes de mouche illisibles, dans une chemise cartonnée bleue. Andreas portait ce projet en lui depuis longtemps. Pour se documenter, il avait pu se procurer, au fil des saisons sportives, grâce à ses contacts professionnels, nombre d'articles de la presse internationale, surtout américaine, et quelques photos.

Il avait acquis la conviction que la grande révélation des prochains Jeux d'été serait ce coureur noir de vingt-deux ans, petit-fils d'esclave, né en Alabama, très attendu dans l'épreuve phare des compétitions d'athlétisme : le 100 m hommes. Les journaux anglo-saxons surnommaient Owens « la Flèche noire » et le considéraient comme une sorte d'extraterrestre qui semblait effleurer le sol lorsqu'il était lancé sur la piste cendrée. Andreas l'admirait depuis que la presse étrangère avait relaté ce 25 mai 1935, lors des championnats américains de la Big Ten Conference, à Ann Arbor. Ce jour-là, Jesse avait battu plusieurs records du monde alors qu'il souffrait de violentes douleurs au dos après une chute dans un escalier.

Seul un athlète d'exception était capable d'un tel exploit, et Owens allait bientôt ridiculiser les théories nazies sur la supériorité raciale de l'homme aryen. Cette perspective réjouissait Andreas. Il se doutait bien qu'entreprendre l'écriture d'un livre dédié à ce nègre magnifique n'était pas une attitude digne d'un national-socialiste. Par prudence, il n'avait d'ailleurs parlé à personne de son projet, pas même à Magdalena. Il emportait systématiquement son manuscrit quand il partait en voyage. Ainsi, dans les trains, les avions, les hôtels, dès qu'il disposait d'un peu de temps (ce bien si précieux qui lui faisait défaut), il s'attelait à son ouvrage qu'il espérait achever avant l'été. Le proposerait-il à une maison d'édition ? Elles étaient toutes désormais à la botte des nazis. Suggérerait-il à son patron une publication dans le Journal sous la forme d'un feuilleton quotidien en *digest* ? Cette hypothèse absurde le fit sourire. Bien entendu, s'il avait demain le courage de tout quitter pour rejoindre l'armée des ombres aux côtés de Klaus Diettrich, alors… les perspectives seraient tout autres. Il retrouverait sa liberté d'informer et pourrait diffuser par exemple un libelle clandestin dans lequel il dirait avec sincérité ce qu'il pensait du coureur noir d'Alabama. Il aurait même la liberté de raconter à ses lecteurs le rêve prémonitoire qu'il avait fait récemment.

Il eut envie, dans ce train qui le conduisait vers Berlin, d'écrire ce « billet » libre de toute censure qu'il pourrait signer avec fierté et diffuser, en masse et clandestinement, lors des cérémonies officielles d'ouverture des Jeux d'été à Berlin. S'il se décidait à passer de l'autre côté du miroir.

Il l'intitula *I Have a dream* et en griffonna un premier jet avec une rapidité confondante.

32

Magdalena était désormais devant la lourde grille d'entrée du *Crépuscule des dieux*. Sa montre-bracelet – un cadeau d'Andreas – marquait 14 heures précises. Elle éprouvait à nouveau ce désir violent, irrépressible, ce trouble, ce vertige… Elle savait que, plus tard, elle regretterait son égarement.

Mais plus tard était si loin, si incertain.

À cet instant précis et en ce lieu, le futur ne comptait pas. Seuls le présent et ces pulsions irrépressibles, incommensurables qui se déchaînaient en elle lui servaient de boussole. Elle ne raisonnait plus. Elle avançait mue par des émotions, des sentiments qui s'imposaient à elle comme des injonctions comminatoires. Une sourde angoisse la tenailla soudain.

Advienne que pourra.

Elle sonna.

33

« Tadam, tadam… Tadam, tadam… Tadam, tadam… »

Après avoir passé une bonne partie de la journée aux côtés de « son » héros, Andreas estima qu'il serait bien, à l'approche de Berlin, de revenir sur terre et de peaufiner la rédaction d'un article « neutre » qui passerait aisément sous les fourches caudines de la censure, dressant le bilan des Jeux d'hiver et évoquant déjà ceux à venir cet été. Il s'y colla et intitula provisoirement son papier :

Et maintenant, place aux Jeux olympiques de Berlin !

Un peu passe-partout. Il biffa ce titre et nota à la place :

L'union sacrée d'un peuple autour de ses athlètes.

Il jugea que cela ne valait pas mieux et ratura cette formule aussi grandiloquente qu'insipide. Il n'était pas en veine d'inspiration, il valait mieux qu'il remette cela à plus tard. Il soupira, posa son stylo, le reprit, sortit de sa serviette de cuir une feuille blanche et écrivit :

Susanna.

Il resta un moment pensif devant ce prénom. Ne trouvant rien de plus intéressant à ajouter, il couvrit toute la page du nom de celle qui était au centre de ses pensées. Il l'écrivit avec minutie, dans différentes tailles, comme un adolescent énamouré. À la fin, cela formait un entremêlement d'arabesques et un curieux motif qui reflétait bien sa perplexité.

Susanna… Qu'allait-il faire ?

« Tadam, tadam… Tadam, tadam… Tadam, tadam… »

34

Le train filait à grande vitesse dans la nuit. Dans quelques heures, Andreas arriverait à la Gare centrale de Berlin et, un peu plus tard, au Journal. Même s'il la redoutait, il attendait sa conversation avec Ralph avec impatience. Au moins auraient-ils l'occasion de s'expliquer et de crever l'abcès, une bonne fois pour toutes.

Il avait encore beaucoup d'estime pour son patron. Bien qu'ils aient souvent connu des divergences de points de vue depuis l'arrivée d'Hitler au pouvoir. Andreas n'oubliait pas qu'il avait débuté sa carrière huit ans plus tôt, grâce à Ralph. Ce dernier avait parié sur sa jeunesse et lui avait immédiatement accordé sa confiance.

C'était au début du mois de juin 1928. Il venait de terminer avec succès ses études de lettres et n'avait aucun projet défini. La situation économique était très instable et il était difficile de trouver du travail. Andreas était prêt à accepter un emploi subalterne. Il avait vingt-trois ans et devait gagner sa vie, en tout cas s’y efforcer. Le tristement célèbre Jeudi noir américain, celui du krach financier qui allait faire aussi vaciller l’Europe, était encore à venir, mais l’hyperinflation avait déjà ruiné ses parents. Pour continuer à vivre décemment, ils finissaient de dilapider un maigre capital, fruit de longues années de labeur. Son père, représentant de commerce au chômage, parvenait à subvenir aux besoins de la famille en accumulant les petits boulots. Il avait six bouches à nourrir, dont trois filles. Andreas ne pouvait plus se permettre d’être à sa charge. Et surtout, il fréquentait Magdalena depuis un an déjà. Les fiançailles avaient été célébrées au printemps et M. Bock commençait à regarder d’un mauvais œil cette relation qui perdurait en dehors des liens sacrés du mariage. Il n’était pas homme à transiger quand il s’agissait d’une valeur qu’il considérait comme supérieure à toutes les autres : l’honneur. Il n’aurait pu concevoir que sa très chère Magdalena, élevée dans la rigueur morale prussienne et les meilleures écoles de Berlin, n’arrivât pas vierge à ses noces. Aussi pressait-il son futur gendre de décrocher un travail afin que les deux familles puissent sceller l’union qui s’imposait. Andreas aimait lire et écrire, et ses études lui avaient permis de développer ses prédispositions littéraires. Mais plus encore qu’aux lettres, il s’intéressait au sport. Pas à une discipline en particulier, non, au sport en général. Ces inclinations ne faisaient pas un métier. Mais la chance lui avait souri. Le Journal recherchait un reporter junior. Il s'était porté candidat, et Ralph Becker l'avait reçu en personne. Âgé d'environ quarante-cinq ans à l'époque, ce dernier était déjà un patron de presse très connu et respecté. Avec sa stature massive et son allure de grand seigneur, il en imposait. Andreas était entré dans son bureau avec appréhension. Ralph l'avait invité à s'asseoir et observé un long moment, silencieux. Puis il lui avait posé distraitement des questions sur ses études et ses projets, donnant l'impression de ne pas vraiment prêter attention aux réponses. Néanmoins, il le jaugeait puisque, après cet entretien, Andreas avait été embauché. C'était pour lui inespéré. Des amis qui, eux aussi, venaient de terminer leurs études et cherchaient un emploi lui avaient bien dit que Becker était un militant et même une figure du NSDAP, allant de réunions de section en meetings où il s'illustrait par ses interventions. Et alors ? Quand le chef du personnel du Journal lui avait tendu son contrat, Andreas ne s'était pas interrogé sur les choix politiques de M. Becker. C'était à l'époque le dernier de ses soucis. Il n'était pas issu de l'aristocratie ni de la bourgeoisie aisée comme sa future belle-famille. Il ne pouvait se permettre de tergiverser en se perdant dans les méandres de considérations idéologiques. De l'avis unanime de ses supérieurs, il s'était très vite acquitté de son travail avec talent. Ses textes étaient relus attentivement et ne faisaient l'objet que de corrections et de coupes mineures. Au fil des années, il avait pris du galon. Ralph Becker croyait en lui et, tous les deux ans environ, Andreas avait bénéficié d'une belle promotion. Chaque fois, son patron l'avait reçu dans son bureau pour un rapide échange qui s'achevait par une très cordiale accolade et des encouragements.

Allait-il bientôt regretter ce parcours professionnel exemplaire ? Une chose était sûre : à l'occasion des Jeux de Berlin, les autorités attendaient du Journal qu'il donne une image flatteuse de l'Allemagne nouvelle. Ralph exigerait qu'Andreas aille dans ce sens, comme toute la rédaction, qu'il soit l'un des fers de lance de la révolution nationale – ce régime auquel il refusait désormais de faire allégeance.

La nuit était tombée. À l'intérieur du wagon, le calme continuait de régner. Il était désormais acquis qu'aucun voyageur ne rejoindrait Andreas dans le compartiment qu'il occupait depuis Munich. Après avoir mis à profit cette journée de train, il aurait apprécié un peu de compagnie. Tant pis. Dans moins de deux heures, il serait à Berlin.

Il choisit de s'abandonner au rythme boogie-woogie et de se laisser glisser dans un état cotonneux propice aux pensées vagabondes. L'image de l'étrange vieillard qui entonnait *Courage* sur Unter den Linden le soir de l'autodafé lui revint. Lui avait su dire non. Qu'était-il devenu ? N'était-il pas la réincarnation du *Leiermann*, le joueur de vielle à roue du *Voyage d'hiver* de Schubert ? Trois années s'étaient écoulées depuis cette nuit de sinistre mémoire. Elles avaient métamorphosé l'Allemagne en un pays de capitulards, braillards et hystériques. Trois années pour dire adieu à la saveur de la liberté. Chacun en pleine conscience avait signé un pacte avec le diable : il donnerait en retour du pain et des jeux.

Tous ses compatriotes semblaient avoir accepté le marché. Quelque chose qui ressemblait à un suicide collectif. Il y avait une part d'ombre dans la psyché germanique. Cette trouble attirance pour l'irrationnel, le gothique, le précipice et la mort avait servi le destin d'Adolf Hitler. Les Allemands l'avaient érigé en héros de propagande, un « Tambour », un harangueur de brasseries. Puis ils l'avaient adoubé sauveur messianique de la patrie. Mégalomane, le « petit caporal » avait endossé l'habit qu'on lui tendait. Il aurait droit lui aussi à sa « marche sur Rome ».

Andreas aurait aimé comprendre comment et pourquoi son pays s'était donné à cet agitateur médiocre, cet artiste peintre raté. Pourquoi cette irrésistible ascension d'un charlatan sans foi ni loi ? Il se souvint des affiches électorales que Goebbels faisait placarder à l'époque : « Le Führer vole au-dessus de l'Allemagne. » Et cette réminiscence douloureuse le mit en rage.

« Tadam, tadam… Tadam, tadam… Tadam, tadam… »

Le train poursuivait à vive allure sa trajectoire. La capitale du Reich approchait. Andreas aperçut dans la nuit un paysage de campagne recouvert d'une épaisse couche de neige. Il songea à son enfance sur les rivages septentrionaux de l'Allemagne. L'hiver, il aimait le bruit de la neige quand, dure comme pierre, elle craquait sous la semelle, crissait sous les pneus des engins motorisés, chutait lourdement par paquets des frondaisons des arbres. Il revit le jardin d'Éden de son enfance et somnola un moment.

35

En revenant du *Crépuscule des dieux*, ce mardi-là, dans la soirée, Magdalena se doucha immédiatement. Pour effacer toutes ces caresses, cette mémoire du plaisir qui lui collait à la peau. Elle resta longtemps sous le jet d'eau brûlant, en se tenant aux parois glissantes de la cabine car ses jambes se dérobaient. Elle ressentait un profond dégoût d'elle-même. Elle gagna ensuite son lit. Il était à peine 19 heures. Elle disposait d'un peu de temps encore pour se ressaisir. Malgré la chaleur de la pièce, elle était prise de vertiges et frissonnait. Andreas ne rentrerait probablement pas avant 23 heures. Le plus tard serait le mieux. La perspective de ce retour l'effrayait. Ralph Becker avait prévu de voir son mari le plus vite possible, l'obligeant à sauter dans un taxi dès son arrivée à Berlin pour filer au Journal, valise à la main. Que lui voulait-il ? Sans doute lui confier un reportage à préparer toutes affaires cessantes, ou lui remettre un article à relire dans la nuit. Quelle que soit la cause de cette convocation, elle offrait à Magdalena quelques heures de sursis pour se remettre. D'ici là, ses tremblements nerveux auraient cessé, surtout avec la dose d'anxiolytiques qu'elle venait d'avaler. Elle cherchait à comprendre pourquoi, cet après-midi, elle avait perdu tout contrôle, submergée par une vague à laquelle elle n'avait opposé, cette fois, aucune résistance. Après un déjeuner rapide et très alcoolisé, Hans et elle étaient montés joyeusement, en titubant (surtout elle), dans la chambre du SS. Là, ils s'étaient laissé aller à leurs pulsions. Lui, à la recherche du plaisir à l'état brut. Elle, d'un élixir pour lequel le docteur Wulf ne fournissait pas d'ordonnance et qui lui apporterait, plus encore qu'un orgasme ou le frisson de l'interdit, un moment d'oubli. Maintenant, le remords la torturait.

Un remords chrétien.

Pour essayer de se rassurer, elle pensa à Marie-Madeleine, la pécheresse à laquelle le fils du Dieu d'amour avait accordé son pardon.

Elle se dit aussi que son couple allait à vau-l'eau. La séparation était inexorable et l'échéance en avait même été fixée. Comme c'était triste et dérisoire à la fois !

Brusquement, Magdalena fut ramenée à la réalité par une sonnerie prolongée. Qui pouvait bien venir chez elle à pareille heure de la soirée ? Elle attendit un instant, puis traversa l'appartement et, dans l'entrée, demanda :

— Qui est là ?

Une voix d'homme caverneuse répondit :

— Gestapo, madame, pour affaire vous concernant. Nous cherchons à vous joindre au téléphone depuis hier, mais vous ne décrochez jamais, alors nous nous sommes déplacés. Nos locaux sont à deux pas.

— Un instant, je vous prie, dit-elle, en plaquant son œil contre le judas pour observer le palier.

Elle y aperçut deux individus vêtus d'imperméables sombres et coiffés de chapeaux en feutre mous. Leurs visages, légèrement déformés par la lentille de verre, paraissaient sinistres. Aucun doute possible, il s'agissait bien des hommes en noir de la police secrète.

Elle ouvrit.

36

Andreas arriva à 21 heures au Journal. Il salua l'hôtesse d'accueil, sur le départ, et emprunta l'ascenseur. Arrivé au quatrième étage où était réunie toute la direction du quotidien autour du bureau du président, il aperçut Anna Sutter, la secrétaire du patron. Elle lui fit un petit signe, vint à sa rencontre et lui proposa un rendez-vous avec Ralph une demi-heure plus tard.

— Pas d'ordre du jour particulier. M. Becker m'a seulement dit qu'il souhaitait vous voir dès qu'il aurait terminé son tour d'inspection au marbre. Il est en train de faire sa revue de détail, autrement dit d'enguirlander la moitié de la rédaction !

— Oui, oui, je connais, répondit Andreas, philosophe. J'en ai pris pour mon grade plus d'une fois.

Andreas passa rapidement dans son bureau et y trouva un amoncellement de messages laissés par sa secrétaire, Charlotte Brandt. Ils semblaient tous plus urgents les uns que les autres. Il en survola quelques-uns, renonça à les classer. Il n'avait pas la tête à ça.

Une enveloppe bien en évidence au milieu de ce fatras attira son attention. En guise d'adresse, l'expéditeur avait mentionné à l'encre bleue :

Merci de remettre ce pli à Andreas Kuppler.

Charlotte avait accroché à l'enveloppe encore cachetée un mot d'explication :

Courrier déposé ce matin à l'accueil.

À votre disposition. C. B.

Andreas sentit son pouls s'accélérer. Il devait rester maître de ses émotions avant un entretien décisif. Même s'il lui en coûtait, il préféra ne pas ouvrir immédiatement la lettre. Il la mit dans son pardessus et se concentra sur son rendez-vous avec Ralph.

À la demie précise, il se trouvait de nouveau dans le bureau d'Anna, où les collaborateurs du Journal avaient l'habitude de faire antichambre quand ils avaient rendez-vous avec le patron.

— Il vous attend, lui dit-elle, tout sourire.

Ralph ne vint pas au-devant d'Andreas. Derrière son bureau, installé sous un imposant portrait du Führer, il terminait d'annoter un document dans un parapheur. Il releva la tête et lança à Andreas un regard froid.

— Bonsoir. Désolé pour cette rencontre tardive, mais je ne vais pas vous retenir longtemps.

— Je suis là à votre demande.

— Venez donc, asseyez-vous et laissez-moi d'abord vous dire combien je suis satisfait de votre travail. Depuis que vous dirigez la rubrique sportive, elle s'est consolidée, et nos lecteurs plébiscitent le ton que vous avez su lui donner. Vos pages sont pleines d'esprit, ponctuées d'humour, et toujours avec brio et sobriété : pas d'exagération pompeuse, aucune emphase. Bref, vous êtes bon, Andreas.

— Merci, Ralph. Je suis très sensible à vos compliments après toutes ces années d'efforts, et heureux que nos lecteurs soient satisfaits.

— Je n'ai pas fini. Cette aventure des JO sera décisive pour l'avenir du Journal. Professionnellement, vous êtes l'homme de la situation. Cependant, vous me posez un problème qu'il va falloir résoudre au plus vite.

— Ralph, ne tergiversons pas. Quel est ce problème ? Ou plutôt : qui ? Vous n'allez pas me reparler de cette histoire à dormir debout de reporter juive américaine au cœur d'un complot contre le Reich ?

— Nous allons y venir. Mais il n'y a pas que cela... Comment dire ? Depuis longtemps, j'ai du mal à comprendre qu'un homme de votre intelligence ne soit pas un militant actif du NSDAP.

— Mais je suis encarté jusqu'au cou, j'ai mon matricule de membre du Parti et je viens de verser ma cotisation pour la deuxième année, vous êtes bien placé pour le savoir.

— Évidemment ! L'an dernier, j'ai dû exiger que vous régularisiez votre situation. J'attends de vous autre chose : que vous y croyiez, que vous montriez un peu de zèle !

— Et comment devrait-il se manifester ?

— Soyez un citoyen engagé, tout simplement. Faites preuve d'enthousiasme pour la révolution ! Cessez de vous comporter comme un idéaliste, ne fréquentez plus de Juifs et soutenez l'idéal national-socialiste, bon sang ! Quand vous avez débuté au Journal, vous aviez d'autres priorités, vous vous apprêtiez à fonder un foyer et vous deviez faire votre place ici. Par la suite, j'ai envisagé plus d'une fois d'aborder ce sujet avec vous. Mais je vous sentais réticent, fuyant même.

— Où aurais-je trouvé le temps de faire de la politique ? Je travaillais comme un fou !

— Andreas, ne me faites pas le coup de l'homme surmené. Notre discussion mérite des arguments mieux affûtés. J'ai longtemps mis votre attitude sur le compte d'une certaine délicatesse. Votre personnalité, votre culture, votre style assez… distancié, tout cela vous inclinait peu, j'en convenais, à fréquenter des militants nazis de base, taillés comme des armoires à glace et battant le pavé dans leurs uniformes paramilitaires. Mais aujourd'hui, je suis perplexe. Tous les Allemands sont derrière leur chef. Et vous, que faites-vous pour le Reich ?

— Je ne vais pas jouer le journaliste débordé et je ne me plaindrai pas de mon métier, c'est une passion. Il n'empêche, le Journal m'occupe la bagatelle de douze à treize heures par jour.

— Arrêtez ! Dans vos journées marathons, vous êtes tout à fait capable de faire des pauses pour joindre l'utile à l'agréable, comme vous taper une Juive !

— Ralph, nous avons déjà évoqué le sujet et…

— Bien, bien, alors je vais aller droit au but ! Vous restez toujours en retrait, vous ne défilez jamais dans les rues de Berlin pour soutenir le régime, vous fuyez les meetings. Vous n'avez pas de temps à consacrer à la distribution de tracts, mais vous en trouvez pour visiter un musée, aller à l'opéra ou voir un film. Vous écoutez du jazz et vous vous entichez d'une apatride de New-Yorkaise. On me dit même que votre idole, pour les Jeux d'été, est ce Noir américain Jesse Owens, tout juste sorti des champs de coton.

— Qui vous a dit cela ?

— Peu importe, là n'est pas le sujet…

— C'est tout à fait exact, Ralph. Ce sportif extraordinaire m'intéresse, mais je n'en avais encore parlé à personne au Journal.

— Pourquoi diable ne partez-vous pas vivre aux États-Unis tant que vous y êtes ? Comment voulez-vous que je parvienne à arranger les choses si vous n'y mettez pas un peu du vôtre ? Revenez sur terre, et vite !

— Mais Owens est tout simplement le meilleur coureur à pied de tous les temps, c'est un immense athlète ! Et…

— Épargnez-moi votre expertise ! Croyez-vous vraiment que nos lecteurs attendent de nous des textes qui encensent un nègre mercenaire des Américains ? Je ne vous paie pas pour pondre de telles inepties.

— Que vous le vouliez ou non, Owens sera la grande révélation des Jeux de Berlin. Pour le reste, que me reproche-t-on exactement ?

— Regardez ces photographies prises par un agent de la Gestapo infiltré dans le personnel du *Grand Hôtel*.

— Et ? Où est le crime ?

— Sur ces clichés, vous serrez une femme dans vos bras, et sur ceux-là, bien cadrés par le photographe, vous semblez pour le moins entreprenant ! Il se trouve qu'elle a été parfaitement identifiée par les Renseignements : il s'agit de Susanna Rosenberg, une journaliste qui insulte et ridiculise Adolf Hitler dans ses articles. Elle affirme qu'il est fou au sens psychiatrique du terme et qu'il serait atteint de la maladie de Parkinson.

— Oui, oui, j'ai entendu dire cela.

— Votre Susanna ne se contente pas de ces allégations délirantes, elle se livre à des activités d'espionnage pour le gouvernement américain dans différents pays d'Europe. Elle profite de ses déplacements pour les journaux avec lesquels elle collabore, dont le *New York Post*, pour récolter des renseignements, puisqu'elle parle couramment allemand, italien, yiddish, et se débrouille aussi en polonais et en hongrois. Elle a été chargée de nouer des contacts avec des opposants à la révolution nationale-socialiste, appelant au boycott des Jeux de Berlin et soutenus par le lobby juif international. Et quand il reste un peu de temps à votre amie, elle met ses talents au service d'une organisation américano-sémite qui aide les youpins vivant sur notre territoire à émigrer. Vous avez tiré le gros lot.

— Je crois avoir compris qu'elle donne un coup de main à de braves gens que les nazis ont décidé de persécuter.

— Ne soyez pas stupide ! Les Renseignements sont convaincus qu'elle vous a « recruté » comme nouvel agent, aidée par les généreux atouts dont la nature l'a dotée et qui ne vous auront pas laissé insensible.

— Ralph, ne cédons pas à la paranoïa, de grâce ! Les photos que j'ai sous les yeux ont été prises pendant qu'on dansait ! Évidemment, sorti du contexte, tout cela peut paraître équivoque.

— Vous voulez dire : explicite ! Susanna Rosenberg avait pour mission de vous séduire et vous êtes tombé dans le panneau !

— Ces clichés exhibés par la police secrète sont de la manipulation pure et simple ! Vous dirigez un journal, vous savez bien ce qu'on peut faire avec des images.

— Cessez de regarder ces photos comme si vous étiez sous hypnose. Et par pitié, ne me dites pas que vous aimez les Juifs ?

— Ralph, j'essaie de comprendre ce qui se trame. Pourquoi les services de renseignements m'ont-ils pris en filature ? Pourquoi ces photos ? Que me reproche-t-on exactement ?

Ralph laissa s'écouler quelques secondes de silence avant de répondre gravement :

— Les autorités considèrent que vous n'êtes plus un journaliste fiable. Elles veulent votre peau.

— Voilà qui a le mérite d'être précis.

— Le SD et la Gestapo cherchent des preuves accablantes pour que vous n'obteniez pas d'accréditation pour les JO d'été et, mieux, pour qu'on vous retire sans tarder votre carte de presse et qu'on vous envoie quelque temps dans un camp vous remettre les idées en place. Vous savez, ces nouveaux lieux de villégiature où séjournent les opposants de tout poil. On a sollicité ma collaboration. L'affaire est suivie en haut lieu…

— Goebbels lui-même ?

— Je n'ai pas à vous dire qui sont mes interlocuteurs.

— Quel est votre rôle dans cette affaire ?

— Andreas, je vous ai recruté, formé, j'ai presque l'âge de votre père. J'ai pour vous de l'attachement et de l'estime. En principe, je ne suis pas autorisé à vous informer de quoi que ce soit. Mais ils vous surveillent depuis des mois ! Je suis intervenu plusieurs fois pour plaider votre cause grâce à mes relations au sein du Parti et dans les ministères, et vous n'ignorez pas que je connais tout le monde à l'Intérieur comme à la Propagande.

— Quelles charges pèsent contre moi ?

— Ils considèrent que vous avez le profil d'un réfractaire et que, tôt ou tard, vous basculerez du mauvais côté et nuirez au régime. Selon eux, ce n'est qu'une question de temps, vous n'êtes plus qu'un coupable qui ne serait pas encore passé à l'acte. Bref, la Gestapo veut vous faire tomber.

— Comment éviter ce piège ?

— Andreas, je vous réponds par une question : voulez-vous en sortir ? Êtes-vous prêt à y mettre du vôtre ? Nom de Dieu, allez-vous enfin cesser de vous intéresser aux nègres et aux youpins ? Je vous connais et je suis persuadé que vous n'êtes pas un ennemi, que vous aimez votre pays. Mais vous devez afficher des convictions, et les bonnes de préférence !

— Et si je fais tout cela, qu'arrivera-t-il ?

— Alors je devrais pouvoir arranger les choses. Indépendamment de toute considération affective à votre égard, je compte sur vous pour l'avenir du Journal. Vous êtes l'un des meilleurs de cette équipe. Ne gâchez pas tout ! La Gestapo me demande des comptes et je suis peut-être désormais sous surveillance, voire en sursis à la direction du Journal, à cause de vos conneries ! Ce qui ressort de tout cela, c'est que vous devez militer, et avec conviction ! Vous pourriez par exemple publier un article qui appellerait les Américains à renoncer pour les prochains JO à leurs supplétifs nègres en arguant qu'il n'est pas conforme à l'esprit olympique de les faire concourir, puisqu'il est scientifiquement prouvé que les Noirs sont plus proches de l'animal que de l'homme. Si vous acceptez une telle prise de position, je vous offre la une.

— Vous ne pouvez pas m'imposer…

— Bien sûr que si. Tant que vous tenez à votre emploi au Journal, en tout cas. Je veux que vous fassiez amende honorable, que vous changiez d'attitude et que cela se sache. Autrement, vous ne tarderez pas à être grillé aux yeux de tous. Y compris de moi, soyez-en persuadé.

— Si je ne vais pas dans ce sens, vous me lâchez ?

— Le problème ne se pose pas en ces termes, Andreas. Tout ce qui va tourner autour des Jeux d'été sera surveillé de très près. La police d'État va solliciter la contribution d'un ou deux membres de notre rédaction.

— J'imagine que ce cher Hammerstein qui m'a dans le nez depuis la mise à sac d'une épicerie juive, lors du boycott du printemps 1933, se fera un plaisir.

— Ne comptez pas sur moi pour vous donner des noms. Je suis le patron d'un journal, pas un chevalier blanc ! Quoi qu'il en soit, les « correspondants » de la Propagande et de la Gestapo feront du renseignement sans que ni vous ni moi ne les soupçonnions. La police secrète en appellera à leur fibre patriotique. Et si celle-ci n'est pas assez solide, elle obtiendra leur collaboration au chantage, surtout s'ils ont quelque chose à cacher.

— Vous me présentez un scénario qui semble inexorable.

— Il y a urgence si vous voulez désamorcer la bombe. Je vous confie de grandes responsabilités.

En contrepartie, vous devez montrer que vous avez confiance en l'avenir du Reich. Anna va vous remettre les coordonnées de la cellule du NSDAP où je milite. Vous pourrez vous y rendre de ma part. Vous y serez accueilli chaleureusement et nous aurons ainsi l'occasion de nous y retrouver de temps à autre. Vous verrez, vous rencontrerez des gens très bien. Ils vous aideront à rentrer dans le rang. C'est la meilleure façon de faire oublier vos écarts de conduite et d'encourager un nouvel état d'esprit à votre égard. Avant de vous laisser filer, un dernier mot : cessez de vous moquer de moi avec votre youpine, je ne suis pas né de la dernière pluie. Je vous le dis une bonne fois pour toutes, Andreas : oubliez-la vite et occupez-vous de votre femme qui le mérite et qui a, elle, une vision très juste de notre révolution nationale. Méditez bien notre conversation !

— Ralph, je vous ai demandé hier au téléphone de ne pas mêler mon épouse à tout ça.

— Si nous en avons déjà parlé, il est effectivement inutile d'y revenir.

Le visage d'Andreas trahissait une vive émotion. Il regardait son patron, persuadé que, désormais, tout les séparait. Une minute s'écoula dans un silence pesant. Puis Andreas dit d'une voix grave :

— Je vais réfléchir à tout cela, Ralph. Mais avant de prendre congé, j'ai une autre demande à formuler : ne vous avisez plus de me parler de Susanna Rosenberg.

Ralph Becker hocha la tête et quitta son fauteuil de très mauvaise humeur. Il n'avait pas convaincu son jeune et brillant collaborateur. Pire, ce dernier était devenu un homme imprévisible sur lequel il n'avait plus prise. Quel gâchis !

Anna Sutter fit irruption et annonça « un appel téléphonique de la plus haute importance ». Ralph répondit de façon autoritaire, un rien agacé :

— Mais transférez-le donc sur mon poste ! Qu'attendez-vous ?

Andreas profita de l'occasion pour prendre congé sans un mot, se contentant d'un vague signe de la main. Il récupéra sa valise et son pardessus dans le bureau d'Anna et s'éclipsa. Dans le couloir, il leva les yeux sur l'horloge : il venait de passer plus de trois quarts d'heure dans le bureau de son patron.

Il renonça à faire un tour dans la salle de rédaction pour y saluer des collègues et sentir l'ambiance de bouclage qui lui avait manqué pendant quinze jours.

Il décida de se rendre à deux pas du Journal, dans la petite taverne Haguenauer. Elle servait de quartier général à nombre de ses confrères. Il pourrait y commander une bière et s'asseoir à une table du premier étage, plus au calme, pour lire la lettre qu'on avait déposée à son intention.

37

Magdalena se trouvait depuis une éternité – plus de deux heures – à la Gestapo, dans les locaux du *Polizeipräsidium* dominant l'Alexanderplatz. Elle avait d'abord attendu dans un hall, assise sur un banc, encadrée par les deux inspecteurs qui étaient venus la chercher chez elle. Il régnait autour d'eux une grande agitation, des gens entraient et sortaient, après avoir fait une déposition, le plus souvent pour dénoncer des Juifs ou des anti-Allemands, parents, amis, voisins, collègues de travail. Des policiers canalisaient ce va-et-vient incessant, prenant en charge les uns, raccompagnant les autres vers la sortie. Son interrogatoire, conduit par un officier de haut rang, un dénommé Heinrich Wolf, un proche de Reinhard Heydrich, avait débuté un peu avant 10 heures du soir. Dans la vaste salle où il avait lieu, un agent de police subalterne retranscrivait chaque mot sur une machine à écrire placée sur une table rectangulaire en bois vernis, à côté de deux piles de dossiers et d'une cravache. Magdalena avait refusé de dîner, bien qu'on lui ait proposé du café, des bretzels et de petits sandwichs. Tenaillée par l'angoisse, elle n'avait aucun appétit et s'était contentée d'un verre d'eau.

Après avoir rempli une série de formulaires et décliné identité, âge, situation de famille, elle avait subi un flot ininterrompu de questions sur sa vie, son mari, leurs habitudes et leurs goûts respectifs, que ce soit en littérature, en musique ou en gastronomie, leurs opinions religieuses et philosophiques, ce qu'ils pensaient du Führer, de l'idéal national-socialiste, s'ils en parlaient entre eux, s'ils avaient des sujets de discorde, des divergences de vues profondes. Heinrich Wolf était jeune, élégant et longiligne, courtois, mais impassible. Magdalena avait relevé qu'il fumait beaucoup, des cigarettes suisses qui exhalaient des effluves sucrés et poivrés, d'une subtilité qui lui correspondait bien. En d'autres circonstances, elle lui aurait trouvé du charme. Il parlait d'une voix grave, sans jamais élever le ton. Il la regardait droit dans les yeux avec une rare intensité, comme s'il s'efforçait de la percer à jour, de comprendre ses ressorts psychologiques, ses motivations, de déceler les mensonges éventuels ou les faux-semblants. D'emblée, elle avait été impressionnée. Il croisait ses questions, revenait sur le même point, traquait la moindre contradiction, la plus petite lacune. De temps à autre, il affichait un sourire énigmatique : à quoi pouvait-il bien penser ? Magdalena avait remarqué bien en évidence sur son bureau un pistolet. Une ou deux fois, alors qu'il s'était levé pour arpenter la pièce, il s'était approché de l'arme, l'avait saisie et caressée, comme si ce geste l'aidait à réfléchir. Magdalena avait parlé de tout ce qui faisait sa vie. Elle avait même évoqué la stérilité dont souffrait son union. De cette géographie détaillée, elle n'avait à vrai dire éludé que deux territoires : celui des égarements intellectuels d'Andreas et celui de ses propres errements. En quoi auraient-ils concerné la Gestapo ? Ni son mari ni elle ne se livraient à des activités d'espionnage ou de terrorisme ! Tout individu n'avait-il pas droit à son petit tiroir de secrets ? Une extrême lassitude, tant physique que morale, la submergeait, et elle ne comprenait toujours pas la raison de sa convocation.

— Mais de quoi suis-je accusée à la fin ? Je suis nazie depuis la première heure ! Et vous le savez ! Alors laissez-moi partir ! s'impatienta-t-elle, au bord de la crise de nerfs.

Ses lèvres tremblaient, elle se tordait les mains. Elle éclata en sanglots et crut lire dans le regard de l'officier un bref sourire de satisfaction, comme s'il se disait : *Enfin, nous y voilà*. L'homme sortit d'une serviette de cuir un dossier sur lequel était inscrite une cote faite d'une succession de chiffres et de lettres. Il se mit à consulter devant Magdalena les documents qui le composaient : pages dactylographiées, coupures de presse et photographies.

— Madame Kuppler, je suis désolé. Ce soir, la procédure a été très longue. Vous connaissez l'administration : tout doit être précis. Passons maintenant aux choses plus sérieuses : voulez-vous collaborer et nous donner les informations dont nous avons besoin ? Si vous le faites, nous en avons pour vingt minutes encore, et aussitôt fini, l'un de nos agents vous raccompagne à votre domicile. Dites-nous tout, vraiment tout, sur votre mari.

— Je ne comprends pas...

— Je vais vous aider : M. Kuppler a noué à Garmisch-Partenkirchen une relation avec une Juive américaine, êtes-vous au courant de ses écarts ?

— Vous mentez.

— Seriez-vous une épouse complaisante ?

Heinrich Wolf lui tendit plusieurs clichés photographiques.

— L'homme en train de danser n'est-il pas votre mari ?

— C'est bien lui. Où voulez-vous en venir ?

— Il a eu, la nuit dernière, une aventure avec une journaliste dénommée Susanna Rosenberg. Ces photos viennent juste de nous être déposées, elles ont voyagé aujourd'hui dans le même train que M. Kuppler, le Munich-Berlin. Ce détail est amusant, non ?

Le visage de Magdalena exprimait à la fois le doute et le désarroi. Les problèmes qu'Andreas et elle connaissaient depuis des années ne l'avaient pas pour autant préparée à accepter la trahison, du moins celle que l'on subit. Elle se dit qu'elle payait son propre égarement au *Crépuscule des dieux*. Elle y avait croisé des divinités qui n'étaient ni d'amour ni de compassion mais païennes et crépusculaires, annonciatrices du malheur.

Elle fixa son interlocuteur pour essayer de le sonder.

— C'est faux ! Vous cherchez à me piéger.

— Madame, mon devoir est de vous dire la vérité. Selon notre indicateur, cette Rosenberg aurait charmé votre mari en se trémoussant devant lui. Ensuite, ils ont passé la nuit de dimanche à lundi ensemble. Il fait très froid là-haut dans les neiges : comprenez-les.

Magdalena jeta à l'homme de la Gestapo un regard implorant.

— Mais que reprochez-vous à mon mari ?

— M. Kuppler nous pose un problème. Il est réfractaire au nazisme.

— Qu'en savez-vous ?

— Nos services de renseignements le surveillent depuis des mois. Cet interrogatoire ne nous apprend finalement pas grand-chose que nous ne sachions déjà. Dans ce long travail d'enquête puis de serrage, la collaboration régulière de vos parents, des gens admirables, a été très utile. Vous pouvez être fière d'eux, et tout particulièrement de votre père Joseph Bock, un soldat qui reste au service du pays, malgré son âge, un nazi convaincu. Nous avons pu apprécier également la contribution dévouée de Katharina

Fischer que nous avons recrutée pour vous faire… disons… vaciller dans vos convictions et vos valeurs chrétiennes de pacotille.

— Katharina ? Je ne peux imaginer qu'elle m'ait trahie. Vous prêchez le faux pour tenter de savoir le vrai !

— Elle ne vous a pas trahie, elle a simplement suivi nos instructions à la lettre !

— Pas elle, non, pas elle…

— Un conseil, madame Kuppler : ne cherchez pas à joindre votre amie dans les jours qui viennent, pour vous venger ou même seulement la vilipender, vous ne la trouveriez pas. Nous avons résilié le bail de l'appartement que nous lui avions loué, et l'avons d'ores et déjà missionnée ailleurs – quelque part dans notre vaste territoire –, sous une nouvelle identité.

— Vous êtes un monstre.

— Non, simplement un serviteur du Reich.

— Qu'attendez-vous de moi ? Arrêtez ! Cessez de me torturer ! Cela ne vous suffit pas de m'apprendre que mon mari me trahit, vous trouvez donc le moyen de retourner le couteau dans la plaie avec votre ironie.

— Madame Kuppler, je ne fais que mon métier.

— Vos méthodes sont odieuses ! Je signerai le procès-verbal, mais, de grâce, fichez-moi la paix ! Je ne suis coupable de rien !

— Seuls les bébés sont innocents. Si vous le permettez, vous avez passé l'âge. Tous les hommes sont coupables. Tous. Les hommes et les femmes, bien entendu. Il n'y a aucune raison de penser que vous faites exception.

Le teint cendreux, et les yeux anormalement brillants, Magdalena implora :

— Je suis fatiguée, je voudrais rentrer chez moi et me coucher.

Heinrich Wolf attendit patiemment que Magdalena ait exprimé tout son ressentiment et sa lassitude. Il poursuivit sur un ton affable, presque complice :

— Je vous en prie, calmez-vous. Vous êtes entendue comme témoin, pas comme prévenue. Nous connaissons votre soutien au régime. Ne vous mettez pas en difficulté pour protéger un homme qui ne mérite pas votre loyauté.

— Qu'attendez-vous de moi ?

— Nos limiers nous ont rapporté que vous vivez très mal la dérive morale et intellectuelle de votre époux. Vous n'en avez pas assez dit sur lui. Décrivez-nous ses habitudes, ses manies s'il en a, ses vices, dites-nous tout, nous ferons le tri.

Le visage défait de Magdalena trahissait le terrible combat qu'elle livrait avec sa conscience. Ses yeux étaient fiévreux, sa voix tremblante.

— Dois-je m'avilir au point d'inventer contre mon mari des déviances, des fautes qu'il n'a pas commises, mais qui feraient votre affaire ?

— Je vais être direct, ne m'en veuillez pas : si vous voulez préserver votre couple, vous avez intérêt à coopérer. Nous connaissons parfaitement les petits arrangements de votre vie conjugale.

— Que savez-vous ?

— Tout. Vos beuveries – nommons-les ainsi – au *Crépuscule des dieux* ; votre goût pour... les rites païens liés au solstice d'été... et le reste, tout le reste. Nous pouvons reconstituer votre agenda au jour le jour...

Magdalena blêmit et murmura d'une voix hésitante :

— La nuit du solstice, je n'aurais jamais dû. Je regrette cette erreur.

L'officier l'interrompit brutalement :

— Ne vous donnez pas la peine de vous justifier. Nous avons les idées larges ! Mais votre époux serait sans doute peiné d'apprendre vos escapades pimentées. Hommes, femmes, vous n'êtes pas trop regardante. Nous pourrions lui montrer des clichés plutôt suggestifs pris cet après-midi et qui viennent juste d'être développés.

— Vous mentez ! cria Magdalena.

— Absolument pas, et Joseph Bock, que nous admirons, serait lui aussi navré de découvrir que sa fille s'autorise de tels écarts, bien qu'il n'ait pas grande estime pour son gendre. Épargnons-lui cet outrage.

— C'est un cauchemar, je vais me réveiller !

— Les photos de vos turpitudes existent, vos dénégations n'y changeront rien. Et ces amours illégitimes vous ont agréablement occupée tout l'après-midi, pendant que votre cher mari, lui, traversait le pays en train.

— Je ne vous crois pas !

— Rafraîchissons vos souvenirs dans ce cas. Vous aviez beaucoup bu et, d'après nos renseignements, vous étiez complètement ivre après le déjeuner, au bord de l'inconscience.

— Assez, assez ! Ce sont des procédés abominables, criminels.

— Vous avez des lucidités bien tardives ! Croyez-moi, si votre époux se plonge dans le reportage photo que nous avons réalisé, il aura du mal à croire qu'au *Crépuscule des dieux*, vous vous êtes contentée de cheminer dans les allées du parc pour contempler la nature dans ses couleurs hivernales. Alors, s'il vous plaît, faites un effort, il est tard pour nous tous.

— Il s'agit d'un horrible traquenard ! Vous n'avez pas le droit…

— Retenez bien ceci, madame : la Gestapo a tous les droits, et acceptez donc d'examiner les preuves dont nous disposons. Je peux appeler un agent pour qu'il nous apporte ces éléments du dossier qui sont un peu délicats. Mais je vous préviens, vous serez plus embarrassée que moi. Je ne voudrais pas vous faire rougir.

— Décidément, de Garmisch à Berlin, l'appareil photographique semble être votre arme favorite !

— Bien utile, en effet.

— Je ne veux pas voir ces photos. Mais dites-moi qui vous les a confiées.

— Pourquoi le ferais-je ?

— Je vais devenir folle si vous ne prononcez pas le nom de cet homme abject !

Une indicible souffrance se lisait sur le visage de Magdalena et son corps était secoué de spasmes nerveux. Un instant, son regard se chargea de haine, puis elle n'eut même plus la force d'un tel sentiment. Elle crut s'évanouir. Elle ajouta, dans un souffle :

— Comprenez-moi…

Elle entendit alors son tortionnaire lui asséner :

— Je ne suis pas là pour vous comprendre, madame, surtout pas ! Mais pour faire avancer l'enquête.

— Je vous en prie ! Donnez-moi le nom de celui qui vous a remis ces clichés, supplia-t-elle d'une voix faible.

— Vous connaissez parfaitement son identité et il accomplissait la mission qui lui avait été assignée sous mon commandement. Cet officier chargé de vous séduire est un des jeunes soldats du Reich les plus prometteurs. Outre son savoir-faire disons… professionnel, vous avez dû apprécier… comment l'exprimer élégamment… sa virilité exceptionnelle. Vous avez été piégée, c'est aussi simple que cela. Je dois reconnaître que vous lui avez résisté longtemps. Il en a lui-même été surpris parce qu'il savait vos nerfs fragiles. Nous avions une fiche détaillée sur vos ennuis de santé.

Voulez-vous que l'on s'attarde sur votre après-midi torride ?

— Vous êtes un pervers !

— Je joue franc-jeu parce que nous perdons du temps inutilement. Comprenez bien ce qui se passe dans notre pays : la plupart des Allemands sont coopératifs parce qu'ils adhèrent aux valeurs du Reich ; leur contribution est sans arrière-pensée. D'autres nous aident par rancœur, jalousie, envie, soif de vengeance ou encore parce qu'ils ont la peur au ventre. Mais, voyez-vous, ceux-là sont une minorité.

— Vraiment ? Il me semble que vos couloirs regorgent pourtant de salauds et de lâches venus régler leurs petites affaires personnelles.

— Nous n'avons pas le même point de vue. C'est normal. Ici, c'est moi qui mène le bal et vous qui êtes inconfortablement sur la sellette.

Épuisée, Magdalena s'apprêtait à rendre les armes. Elle enfouit son visage dans ses mains et murmura d'une voix lasse :

— Que voulez-vous à la fin ?

Heinrich Wolf ne put dissimuler un petit sourire : pour lui, la partie était gagnée.

— Nous vous proposons un marché : les idées anti-allemandes de votre mari, nous les connaissons. Nous avons besoin d'une preuve. Un élément matériel imparable.

— Ne disposez-vous pas déjà de ces photos prises à Garmisch et qui le condamnent ?

— Son aventure amoureuse avec une Juive est accablante, certes. Votre époux est habile en dialectique, il pourrait tenter de se disculper, dire qu'il ignorait le pedigree racial de sa belle au moment des faits, prétendre que nous n'avons contre lui que sa rumba lascive qui n'atteste en rien ce qui a suivi dans le huis clos d'une chambre d'hôtel.

— Parce que vous ne l'aviez pas mis sur écoute ?

— Taisez-vous et laissez-moi poursuivre. Il nous faut cette preuve. Ralph Becker est un homme très influent dans l'appareil national-socialiste, et il continue malheureusement à protéger votre mari contre vents et marées. C'est totalement irrationnel. Sans doute quelque chose de paternel dans leur relation, non ?

— Ralph a recruté Andreas à la fin de ses études, nous n'étions encore que fiancés. Ils sont très proches malgré leurs divergences de points de vue.

— Le ministère de la Propagande est au courant de ces tensions et espérait que Becker prendrait des dispositions pour écarter votre mari dès l'automne dernier, en prévision des JO. Mais il n'en a rien été. C'est pourquoi les autorités ont décidé de s'en mêler.

— Avec quel objectif ? Vous voulez exécuter mon mari parce qu'il n'est pas un nazi ardent ?

— Madame Kuppler, vous avez de nous une vision bien caricaturale ! La Gestapo ne mérite pas toujours l'image ténébreuse dont elle est affublée. Elle ne passe pas son temps à éliminer des opposants et à jeter leur cadavre dans la Spree, comme se plaît à l'écrire la presse étrangère mal intentionnée. Nous savons graduer nos décisions.

— Et dans votre gradation, quel sort réservez-vous à mon époux ?

— Nous voulons simplement mettre à l'écart jusqu'à la fin des Jeux d'été un reporter incontrôlable et sous influence. Un séjour de quelques mois dans un camp de concentration, voilà ce que nous avons programmé pour M. Kuppler. Le gouvernement ne peut prendre aucun risque au moment où le Congrès juif américain et certains lobbies internationaux appellent au boycott de l'événement. Alors, soyez une bonne citoyenne et aidez-nous.

— Andreas est mon mari.

— Vous y trouverez votre compte. En retour, nous classerons votre dossier, je m'y engage personnellement. Et M. Kuppler sera relaxé après les JO.

Magdalena sentait ses défenses céder. Elle regarda longuement l'officier. En silence. Il y avait un mélange de mépris et de détresse dans ses yeux. Soudain, la silhouette de son tortionnaire se brouilla à sa vue tant elle avait accumulé de fatigue. Elle rassembla le peu qu'il lui restait d'énergie et répondit d'une voix sourde :

— Andreas, dit-elle, rédige depuis des mois la biographie d'un athlète noir américain dont il s'est littéralement entiché. Il croit le faire à mon insu, prend mille précautions, mais que peut-on cacher à sa femme ? Je suppose que son manuscrit, intitulé *La Flèche noire*, vous intéresse ?

— Mes hommes viennent de perquisitionner votre domicile, pendant que nous vous interrogions. Ils ont passé toutes les pièces au peigne fin et sont revenus bredouilles. Le rapport qu'on m'a transmis ne signale aucune trouvaille intéressante de ce type.

— Promettez-moi d'abord que mon mari sera libéré rapidement si…

— Vous avez ma parole. Nous le relâcherons après les Jeux.

— Andreas emporte toujours avec lui, quand il part en voyage, trois ou quatre objets qu'il juge essentiels : une pendulette de la maison Mofem censée donner une heure plus « juste » que votre montre ou la mienne et qu'il a payée une fortune, le livre qu'il est en train de lire, l'article qui est sur le feu et son manuscrit. À son retour de Garmisch ce soir, il devait passer au Journal. À l'heure qu'il est, il doit se diriger vers notre domicile, sa valise à la main. Il adore marcher, même la nuit. Votre pièce à conviction est en route, il ne vous reste plus qu'à la cueillir ! Maintenant, je voudrais partir.

Magdalena était hagarde, désemparée. Elle prenait conscience de son indignité absolue. Elle venait de commettre l'irréparable. Elle aurait voulu que le temps fût réversible et que les paroles dites ne l'aient jamais été.

Trop tard.

Elles étaient dactylographiées au mot près par le flic secrétaire qu'elle haïssait. Penché sur le clavier de sa machine depuis des heures, tout à sa tâche tel un automate, il n'avait rien laissé se perdre.

— Merci pour votre collaboration, madame Kuppler, ajouta l'officier. Nous convoquerons votre mari demain et lui signifierons son arrestation. De votre côté, vous nous déposerez le précieux manuscrit. L'interrogatoire est terminé. Vous êtes libre de partir après la signature du procès-verbal. Vous serez ensuite reconduite chez vous comme promis.

Tant de froideur procédurière révulsait Magdalena. Elle se mit à hurler telle une démente :

— Non ! Personne ne me raccompagne, laissez-moi tranquille ! Vous avez ce que vous cherchiez, alors fichez-moi la paix ! Vos questions d'inquisiteur, vos attitudes faussement complaisantes et courtoises, gardez-les ! Je ne veux rien de vous !

Heinrich Wolf observa Magdalena sans perdre son calme, comme un prédateur sa victime, son petit sourire énigmatique aux lèvres. Il savourait sa victoire. Il répondit à voix basse :

— Entendu, rentrez seule puisque vous y tenez. Je dois quand même vous faire reconduire jusqu'à la sortie. Le siège de la Gestapo est un véritable labyrinthe, il serait regrettable que vous vous y perdiez. Au revoir, madame Kuppler. Soignez vos nerfs et méfiez-vous de vous. Surtout de vous !

38

Magdalena quitta les lieux à la hâte. Il était bientôt minuit. Elle se retrouva sur l'Alexanderplatz presque déserte. Il faisait un froid polaire. Elle était exténuée par ces heures de harcèlement, et sous le choc de son ignoble trahison. Tout se mit à tourner autour d'elle. Les lumières des réverbères et des néons dansaient devant ses yeux remplis de larmes. Elle aurait tellement souhaité qu'il ne s'agisse que d'un mauvais rêve. Elle se retourna et vit le bâtiment du *Polizeipräsidium.* Il se dessinait dans la nuit, massif, inquiétant. Bien réel.

Elle se sentait sale.

Elle marchait vite, sans savoir où elle allait.

Elle ne rentrerait pas chez elle. Ce n'était plus possible. Elle venait de trahir son mari et des hommes de la Gestapo devaient déjà être en planque dans leur immeuble, prêts à le cueillir à son domicile.

L'homme de la Gestapo était arrivé à ses fins, mais elle était seule responsable, elle ne se cherchait pas de circonstances atténuantes. Son sang battait dans ses tempes, elle transpirait, se sentait si mal.

Brusquement, elle se mit à courir.

Droit devant.

Un énorme fracas lui déchira les tympans et elle fut frappée de stupeur.

39

Après le choc, dans un premier temps, ce furent les ténèbres. Absolues. Comme un black-out. Puis des images affluèrent. D'abord en clair-obscur. Magda se découvrit dans un décor gothique et sombre.

Elle entendit des chiens aboyer et des cliquetis de chaînes.

Des hommes qu'elle ne connaissait pas l'encerclaient, l'embrassaient, caressaient son corps, la pénétraient. Elle ne discerna, dans un premier temps, que leurs uniformes noirs de SS. Soudain, ils eurent tous le visage de l'officier qui venait de l'interroger et se mirent à entonner le *Horst-Wessel-Lied*, l'hymne des nazis. Elle voulut fuir ces paroles guerrières qui désormais la révulsaient. Mais tels des cerbères, des dobermans montaient la garde.

Magdalena luttait encore pour sa vie. Grâce à un ultime sursaut d'énergie, des scènes plus douces et lumineuses lui revinrent. Elle eut le temps d'ouvrir les grilles de la demeure de son enfance, en Prusse orientale, de traverser le parc planté de bouleaux majestueux dont les branches ployaient sous la neige. Il faisait un froid de gueux. Un hiver septentrional comme elle les aimait. Un hiver prussien. Dans la maison, rien n'avait changé.

Elle aperçut même le cheval à bascule qu'on lui avait offert pour ses trois ans. Elle en avait longtemps partagé les joies dans sa tendre enfance avec son cousin Thomas qui avait le même âge qu'elle. Il séjournait souvent chez les Bock avec sa mère, une veuve bardée de courage. Il était touchant, vulnérable : une terrible maladie infantile lui avait retiré l'usage de ses jambes. À l'époque, elle adorait Thomas comme un frère jumeau, un alter ego. Elle ne voyait pas en lui un handicapé. Non, jamais. Plus tard, presque adolescents, ils partaient ensemble cheminer autour de la maison familiale. Elle allait chercher une brouette dans l'appentis où le jardinier rangeait ses outils de travail, et lui déclarait faussement obséquieuse :

— Le carrosse de Monsieur est avancé ! L'heure de la promenade est venue !

Thomas accueillait ces moments avec un large sourire. Magdalena, malgré la confusion de son esprit, songea brièvement à la politique d'euthanasie qui, désormais, condamnait à mort les enfants… différents. Elle ne pouvait plus accepter cela. Elle eut en tête le psaume de Matthieu : « Heureux ceux qui sont intègres dans leur voie et qui marchent selon la loi de l'Éternel. »

Puis elle quitta le paradis perdu de ses jeunes années pour dériver vers l'île de Sylt et revivre la balade en pédalo sur la Wattenmeer avec Andreas. Au-dessus d'eux, des goélands et des mouettes planaient dans un ciel bleu irisé de paillettes d'or. Elle entendit les ricanements des oiseaux marins. Ils venaient de loin, des profondeurs de sa psyché. Ils formaient un écho agréable, harmonieux : la mémoire sonore d'un moment de bonheur. Elle se rappela l'ascension du phare d'Hörmun et, tout là-haut, cette vue inoubliable : la mer, infinie. Elle revit alors les enfants qui déployaient leurs cerfs-volants par un beau dimanche ensoleillé, leurs regards émerveillés et leurs cris joyeux. Ce spectacle l'apaisa.

Elle eut souvenance aussi des trois soleils, promesse d'une extase des sens qui semblait d'ordre divin.

Sylt incarnait les jours heureux et son amour pour son mari. Elle n'avait pas su lui dire ses sentiments, mais elle l'avait aimé. Cette certitude lui permettait d'accepter le reste. Tout le reste. Le chaos du monde.

Soudain, elle entendit sans les voir des gens parler et s'agiter autour d'elle. Elle aperçut dans le lointain un halo sur la ligne d'horizon. Elle pensa à la résurrection de Lazare de Béthanie après quatre jours dans le sépulcre. Quand Jésus ordonna : « Lazare, sors ! », le mort se leva encore couvert de bandes et il alla son chemin. Elle comprit qu'elle s'apprêtait à passer de l'autre côté. C'était son tour. Y serait-elle attendue et accueillie par quelqu'un ou devrait-elle, seule à jamais, affronter un univers de silence, de froid et de ténèbres ? Elle décida de cheminer vers la clarté diaphane qui l'appelait et de franchir la ligne des confins.

Quoi qu'il en fût, elle saurait.

40

Une fois attablé chez Haguenauer, Andreas ouvrit fiévreusement l'enveloppe déposée à son intention. Elle contenait un bout de papier sur lequel, à l'encre bleu azur, deux mots avaient été griffonnés à la hâte (ce fut du moins l'impression qu'il en eut, tant l'écriture était fébrile) :

SOPHISTICATED LADY.

Andreas sourit. *Sophisticated Lady* était le titre d'un standard de jazz du grand Duke Ellington. C'était sur ce dernier morceau langoureux que Susanna et lui avaient dansé l'autre soir. Il se remémora les paroles de la chanson qui disaient : *And in this heart of yours burned a flame.*

Aux alentours de 23 heures, après deux bières, Andreas quitta l'établissement qui fermait. Son bagage étant léger et peu encombrant – c'est à cela qu'on reconnaît les vrais nomades –, il décida de rentrer chez lui à pied.

Au terme de cette longue journée, il éprouvait le besoin, malgré la fatigue, de se dégourdir les jambes, de respirer l'air glacial de la nuit berlinoise.

Il avait vécu tant d'événements en moins de quarante-huit heures qu'il ne pouvait prévoir de quoi demain serait fait. Il verrait bien…

41

Après que Magdalena eut été renversée par une voiture, on l'avait étendue sur le trottoir en attendant les secours. Son corps gisait dans une mare de sang. Un petit attroupement de noctambules s'était formé. Le chauffeur qui n'avait pu l'éviter semblait hébété. Personne ne comprenait ce qui s'était passé. Pourquoi cette jeune femme s'était-elle précipitée sur la chaussée et jetée sous les roues du véhicule ? Espérait-elle avoir le temps de traverser ? Était-elle si pressée ? L'automobile roulait-elle trop vite ? S'agissait-il d'un accident ou d'un suicide ?

Arrivée sur les lieux, la police s'attacha à identifier la victime. Ce fut chose aisée : manifestement, celle-ci venait juste de quitter le *Polizeipräsidium* où elle s'était rendue avec ses papiers d'identité. On retrouva même dans son sac à main le récépissé d'un procès-verbal établi à son nom. Il s'agissait de l'épouse d'Andreas Kuppler, le journaliste sportif bien connu des Berlinois.

Le visage de Magdalena était tuméfié par l'impact. Du sang suintait de ses oreilles, poissant sa belle chevelure blonde. Une grosse tache rouge s'étalait sur la neige, comme sur un buvard.

Les badauds se bousculaient, indécents, pour voir ce corps abîmé, ces chairs meurtries et le sang.

— Elle est sacrément amochée ! Vous croyez qu'elle va s'en sortir ?

— Non, non, elle est en train de mourir.

— Pensez-vous qu'elle souffre ?

— Regardez, elle a ouvert les yeux !

Magdalena avait encore les yeux ouverts. Mais ils étaient déjà tournés vers un autre univers, inconnu. Elle prononça quelques paroles incohérentes que personne ne releva, puis perdit connaissance. L'ambulance finit par arriver.

Tandis que le véhicule repartait vers l'hôpital, toutes sirènes hurlantes, un médecin examina la jeune accidentée. Il nota :

> Boîte crânienne enfoncée avec déchirure de la membrane cérébrale, large estafilade entaillant la joue gauche jusqu'à l'œil, lésions neurologiques certaines et nombreuses ecchymoses au thorax, extrémités froides, cyanosées. Pronostic vital sérieusement compromis.

Il hésita un instant avant de préciser :

> Poitrine gonflée. Mamelons tendus et foncés : peut-être un début de grossesse.

La patiente fut prise de tressaillements, puis dans un dernier soupir qui sembla exprimer une forme de soulagement, elle rendit les armes. Le médecin vérifia le pouls de Magdalena Kuppler, puis il regarda sa montre. Il reprit son carnet et ajouta :

Décès enregistré à 23 h 13 le mardi 18 février 1936 pendant le transfert vers la Charité. Vingt minutes environ après un choc ayant entraîné un coma profond suivi d'un collapsus cardiaque.

Une infirmière recouvrit le corps d'un linceul blanc. Le commissaire Marcus Spengler serait chargé de prévenir le mari. Il n'entreprendrait cette démarche éprouvante qu'au matin, afin de laisser le temps aux services hospitaliers de rendre présentable le visage affreusement mutilé de Magdalena Kuppler.

42

Andreas cheminait depuis dix bonnes minutes d'un pas alerte sur Unter den Linden. Un vent glacé soufflait de plein fouet dans son visage et le givre avait jeté un reflet blanc dans ses cheveux.

Susanna occupait son esprit. Ils se retrouveraient. Il ignorait quand et comment. Mais il avait cette intime certitude chevillée au cœur. Il leur faudrait d'abord traverser les ténèbres, et il le pressentait, la nuit européenne serait longue. Il se remémora mentalement l'adresse de « sa » belle Juive américaine. John Michael Lee lui avait communiqué ce précieux renseignement en lui demandant de ne surtout pas en garder trace. Il l'avait donc appris par cœur :

Susanna Rosenberg

218, West Broadway

22nd Floor

Soho Lower Manhattan

À la hauteur du *Café Kranzler*, il songea au cauchemar qui l'avait réveillé en panique moins de quarante-huit heures plus tôt. Et il perçut avec une grande lucidité le message que lui avait envoyé son inconscient, avec ce scénario onirique : puisque son double lâche et veule était mort, abattu par les deux gestapistes, il n'était plus entravé désormais. Il pouvait refuser de courber l'échine, dire non. Et son devoir d'homme imposait qu'il le fasse.

Un peu plus loin, il vit passer une ambulance. Elle roulait à vive allure sur la Friedrichstrasse, gyrophare allumé. Il eut aussi à cet instant précis, sans savoir pourquoi, une pensée pleine de tendresse pour sa femme, Magdalena (la psyché humaine s'accommode très bien de pareilles contradictions). Ils allaient se séparer, mais ils s'étaient aimés, ils avaient partagé des années heureuses, avant l'incompréhension et la souffrance. Personne ne pourrait leur reprendre ces souvenirs. Il ne put s'empêcher de les revoir, tous deux installés dans des *Strandkörbe*, main dans la main, face à la mer, dans le rougeoiement du crépuscule, un soir d'été, à Sylt.

Soudain, il aperçut au loin, venant dans sa direction, une section de SS et il entendit le martèlement lourd et sinistre des pas des soldats de « l'Ordre noir ». Il hésita et dut résoudre rapidement un dilemme : poursuivre tout droit sur l'avenue au risque d'aller au-devant des ennuis, ou bien rebrousser chemin, avant que les nazis ne le repèrent, et, une fois de plus, passer sous les fourches caudines d'un régime qu'il abhorrait. Il eut honte de son hésitation. Il continua à avancer sous les tilleuls. D'un pas régulier, sans hâte. Il éprouvait une grande sérénité et sa conscience était claire. Il n'évoluait plus dans des terres marécageuses aux limites floues, il le savait.

Un peu plus plus haut sur Unter den Linden, en observant un étrange vieillard, debout dans la pénombre, adossé à un kiosque publicitaire en forme de colonne qui le masquait à la vue des SS encore loin, Andreas reconnut l'amateur de Schubert rencontré trois années auparavant le soir de l'autodafé sur la place de l'Opéra. Il n'avait pas changé et il trimballait toujours son instrument à manivelle sur une petite charrette. Le temps semblait n'avoir aucune prise sur lui. Andreas eut du mal à en croire ses yeux.

N'était-ce pas un mirage, une hallucination ?

Peut-être. Pourtant, le Vieux semblait là, bien réel, en chair et en os. Silencieux, il scruta Andreas intensément. Il fit un geste de la main dans sa direction. S'agissait-il d'un cordial encouragement ou d'une sage invitation à la prudence ?

Le clochard sembla comprendre le trouble d'Andreas. Il mit ses mains en porte-voix et lâcha :

— Courage ! Vas-y, fonce ! C'est ton heure.

En retour, Andreas esquissa discrètement un signe amical, mais sans s'arrêter, pour ne pas mettre le Vieux en danger, alors que les SS ne l'avaient pas repéré. Comme il arrivait à la hauteur du patriarche virtuose, ce dernier avait déjà disparu. Il s'était évanoui dans la nuit avec son orgue de Barbarie. N'avait-il été qu'un produit – fugace et évanescent – de son esprit, une sorte d'ectoplasme ? Était-il l'incarnation de ce qui lui restait de conscience et d'humanité, son double courageux et lucide ? Quelle importance ? Réel ou rêvé, le Vieux se trouvait là au moment décisif. Tel un bienveillant mentor.

Andreas avait de toute façon la conviction que pour franchir enfin ce Rubicon devant lequel il avait si longtemps hésité, il lui fallait – une fois au moins, comme un rite de passage – être imprudent, se mettre en danger. Il devait sans ambiguïté donner un gage à l'armée des ombres et à lui-même.

Lorsqu'il croisa les SS, tous le saluèrent, bras levé, d'un enthousiaste *Heil Hitler !* Il ne répondit pas, ne prit pas la peine de ralentir, n'eut pas un regard pour eux. Tous en chœur, ils répétèrent en hurlant : *Heil Hitler* ! comme s'ils voulaient dissiper un malentendu.

Lui poursuivit sa route, léger.

43

Le *Scharführer* qui commandait la section se retourna et aboya dans la direction d'Andreas :

— Halte ! J'ai dit : halte ! Arrêtez-vous ou je donne l'ordre de tirer !

Andreas n'eut pas envie d'obéir.

En tout cas, pas immédiatement. Pas le doigt sur la couture du pantalon. Ce n'était plus acceptable.

Il n'eut pas peur. Pour la première fois depuis longtemps, peut-être depuis toujours, il se sentit libre. Il poursuivit sa marche quelques instants sous les tilleuls et arriva à une intersection. En mode accéléré, comme au cinéma, images passées et projections d'avenir défilèrent dans son esprit. Il pensa à son couple à la dérive, au SD à ses trousses, au Journal où Ralph Becker ne dirigeait plus rien et à Susanna. Au bonheur de la revoir, plus tard.

D'ici là, la clandestinité, pourquoi pas ? Il savait déjà se servir d'une arme qui pouvait être redoutable : l'écriture. Les autres, les vraies, il en apprendrait vite le maniement, poussé par la nécessité de ces temps tragiques, et avec l'aide de ses nouveaux amis de l'ombre. Résister à la peste brune était la seule attitude honorable. Ce n'était pas une question d'héroïsme ou de force d'âme. C'était au-delà du courage. Cela signifiait continuer à vivre. Renoncer, c'eût été accepter de devenir un pantin, comme celui de son rêve au *Café Kranzler.*

Il n'y avait plus d'autre option.

Ses proches ne devraient pas être inquiétés par la Gestapo. Du moins l'espérait-il. On le donnerait sans doute pour disparu, comme tant d'autres. Plus tard, il s'arrangerait pour rassurer Magda, sa famille, et Susanna. Il leur ferait passer un message d'une façon ou d'une autre. Il n'avait oublié ni le nom ni l'adresse du médecin hostile au régime nazi que John Michael Lee lui avait indiqué. Il se retourna. Les SS s'apprêtaient à le mettre en joue, tel un paria, un étranger en son pays, un traître.

À droite, une rue s'offrait à lui. Il vit qu'après quelques mètres, elle était mal éclairée, et qu'au loin, elle plongeait dans l'obscurité. Le ciel était d'un noir d'encre. Une chance.

Brusquement, Andreas s'engouffra dans cette artère légèrement pentue. Il abandonna sa valise et se fondit dans la nuit. Il aurait préféré s'enfuir avec le manuscrit de *La Flèche noire.* Mais pas le temps. Et puis, qu'importaient quelques dizaines de feuillets ?

L'histoire d'Owens était gravée dans sa mémoire, il recommencerait.

N'ayant plus que sa peau à défendre, il décida de courir. Il courut, courut à perdre haleine…

Dans sa tête résonnèrent quelques notes de *Saint-Louis Blues* produites par la trompette virtuose de Louis Armstrong.

Cet air de jazz le remplit d'allégresse.

Sans cesser de courir, il hurla à pleins poumons :

— *I'll pack my trunk and make my get-away.*

Derrière, il entendit un ordre : « Feu ! », suivi d'un tir nourri de mitraillettes.

Surtout, ne plus se retourner. Foncer droit devant. Conjurer la malédiction d'Orphée.

Le sifflement des balles déchira le silence de la nuit berlinoise et une myriade d'impacts éclata sur les trottoirs et la chaussée et illumina un instant les lieux. Puis ce furent à nouveau les ténèbres glacées.

ÉPILOGUE

44

Quelques mois plus tard

Le mardi 4 août 1936, le lendemain de la victoire de Jesse Owens au 100 m masculin, la compétition phare des Jeux olympiques d'été à Berlin, un mystérieux *Geisterreporter* – il se faisait appeler ainsi : le « Journaliste fantôme » – avait jeté son dévolu sur la prestigieuse avenue Unter den Linden de façon pour le moins originale. Une grande corneille parlante avait été déposée au pied de l'un des vénérables tilleuls dans une cage métallique de style Art déco. On l'avait investie d'une mission (on peut pousser loin le dressage de ces *corvidae* auxquels les éthologues prêtent une intelligence comparable à celle d'un enfant de cinq ans). L'oiseau, autrefois compagnon des sorcières et des magiciens, était chargé, dans le cas présent, de servir d'amuseur public et de rabatteur. Par ses croassements singulièrement humains, il attirait les badauds, parents et enfants. Une fois devant la cage, et après s'être esbaudis, ceux-ci n'avaient plus qu'à se pencher et tendre la main pour prendre un exemplaire d'un libelle de deux pages (un seul feuillet imprimé recto et verso) intitulé *Ungehorsam* – « Désobéissance ».

On avait installé devant la cage de la corneille un présentoir qui mentionnait « gratuit » en gros caractères, pour inciter les promeneurs à s'approcher et à prendre un document. Chaque fois que l'un d'eux hésitait, l'oiseau ténébreux au sombre plumage et au regard perçant lançait un bruyant :

— *Na und ? Bedienen Sie sich !*

« Eh bien quoi ? Servez-vous ! »

Il répétait cette interpellation en boucle, semblant ne connaître aucune autre expression, ni même aucun autre mot.

Le recto du document était illustré d'un portrait de Jesse Owens. Il souriait. Au verso, on trouvait un texte au titre prometteur :

Ich hatte einen Traum.

« J'ai fait un rêve. »

Un « brûlot anti-allemand ». Voilà comment Heinrich Wolf, l'officier de haut rang chargé de l'affaire, qualifia ce texte. Joseph Goebbels exigeait une enquête promptement menée. Il voulait un coupable. Vite.

Il nous paraît utile dans cette chronique de proposer, pour en juger, la lecture *in extenso* de ce libelle :

Cet hiver, alors que s'ouvrait l'année olympique, j'ai fait un rêve. Celui du triomphe du Noir américain Jesse Owens, et de l'amère défaite d'Adolf Hitler aux Jeux d'été à Berlin. Je crois ce songe prémonitoire, comme le sont souvent les rêves. Artémidore d'Ephèse, le fameux auteur du *Traité des augures*, ne me démentirait pas, lui qui pratiquait l'art divinatoire pour mettre au jour ce que les dieux voulaient cacher, s'amusant d'en réserver la surprise aux hommes : l'avenir. La victoire de Jesse au 100 m masculin, qui a enflammé le stade olympique de Berlin, hier lundi 3 août, n'est qu'un début. Malgré une moisson impressionnante de médailles pour l'Allemagne, le chancelier du Reich Adolf Hitler verra ses thèses racistes ridiculisées par un petit gars d'Alabama. Un Afro-Américain descendant d'esclaves travaillant dans les champs de coton, dernier-né d'une fratrie de onze enfants. Un gringalet. Un garçon un peu malingre quand il n'était pas plus haut que trois pommes, avant que le sport ne l'aguerrisse et ne lui sculpte un corps de héros grec antique. Mais un héros grec à la peau couleur d'ébène. Il sera le champion incontesté de ces Jeux olympiques, volera de victoire en victoire, de record du monde en record du monde. Il deviendra en quelques jours seulement la "coqueluche" des journalistes et du public. *I have a dream* et il s'appelle Jesse Owens. Demain, cher lecteur, tu seras, toi aussi, subjugué par cet athlète hors norme.

En bas de page figurait une invite qui en disait long :

Ne manquez pas la prochaine édition ! Nous vous réservons une surprise. Rendez-vous bientôt à nouveau sous les tilleuls de cette belle avenue !

Le *Geisterreporter* n'en resterait donc pas là !

Wolf avait immédiatement demandé une expertise du texte aux spécialistes linguistiques, philologiques et sémiologiques qui travaillaient aux Renseignements. Il venait juste de prendre connaissance de leur rapport. Ils étaient formels : le rédacteur de l'article *I have a dream* ne pouvait être qu'Andreas Kuppler, tant la récurrence de ses « habitudes lexicales » était frappante. On retrouvait systématiquement la « griffe » Kuppler si spécifique et si riche. Tout y était : le style, bien entendu, mais aussi le rythme, la musicalité des phrases. Heinrich Wolf reprit en main pour la xième fois ce qu'il fallait bien qualifier avec le mot juste de tract. Il le relut à haute voix pour tenter d'en percer tous les secrets, les éventuels messages subliminaux voire codés, distinguer dans le propos le prosaïque du lyrique. Un seul journaliste sportif pouvait effectivement cheminer sur cette ligne de crête étroite qui fait un style riche, sans tomber dans les abîmes de l'afféterie voire, pire, du ridicule. Une seule « plume » savait se situer avec talent aux antipodes du modèle journalistique américain obsédé par le fait brut. Poésie du texte, adresse directe au lecteur pour créer une complicité, lyrisme sobre et sans pathos. La patte était reconnaissable, elle valait signature. Oui, un seul journaliste écrivait ainsi : Andreas Kuppler. Heinrich Wolf l'aurait reconnu entre mille. Le rapport d'expertise n'avait fait que valider, en y mettant l'onction scientifique, son ressenti immédiat.

Au fond, l'officier des services secrets éprouvait de l'admiration pour le célèbre reporter sportif qui avait couvert les Jeux olympiques d'hiver avec tant de brio. Mais malheureusement, celui que le milieu de la presse surnommait Nietzsche avait choisi de disparaître pour rejoindre les réfractaires au national-socialisme, autant dire la racaille. *Das Gesindel !* Et le devoir de Wolf, au sein du Reich, était clair : *Das Gesindel ausrotten !* « Exterminer la racaille » et protéger les bons Allemands.

Pour ce qui était de l'enquête, Wolf ne savait par quel bout commencer. Quelques mois plus tôt, l'appartement des Kuppler avait été passé au peigne fin. Et on n'avait rien trouvé qui pût constituer une preuve de quoi que ce fût, ni même un début de piste. On n'était pas parvenu, notamment, à mettre au jour le manuscrit de la biographie de Jesse Owens à laquelle Andreas Kuppler travaillait ardemment selon les déclarations de son épouse Magdalena dans les locaux de la Gestapo, le mardi 18 février, quelques minutes avant sa mort.

On avait bien arrêté, non loin de la cage du grand oiseau noir beau parleur, un étrange personnage, un vieux musicien – en guenilles, qui détonnaient avec son port altier. Mais on l'avait déjà passé à la question et aucune information utile n'en était sortie, aucune piste qui puisse le relier au terroriste qui avait mis en scène la distribution des tracts anti-allemands. Il ne s'agissait vraisemblablement que d'un vieux fou qui n'avait rien d'un combattant de l'ombre. Il était vain, de toute façon, de s'interroger plus longtemps sur cet individu – probablement un *Asozialer* : son cœur avait lâché lors de l'interrogatoire.

Quant au *Geisterreporter* alias Kuppler… Eh bien… Il faudrait s'y faire… Chaque fois, il aurait une longueur d'avance, puisqu'il mènerait le bal, prendrait les initiatives. Il semblait n'avoir prévu, pour donner la charge, que des armes de papier. Des libelles dérisoires ? Pas pour Heinrich Wolf. Il savait, lui, la puissance et la magie des mots. Adolf Hitler n'était-il pas arrivé au pouvoir grâce au verbe, à une décennie de harangues prononcées sous des préaux minables ? Décidément, cette affaire était désagréable.

Le doute n'était plus permis, Andreas Kuppler était vivant, et bien vivant.

Sous les tilleuls.

FIN

POST-SCRIPTUM

Ce livre est le produit d'une lente et longue maturation. Un cheminement personnel de plusieurs décennies. Tout commença un jour de rentrée des classes, au mois de septembre de l'année 1965. J'ai oublié la date précise de l'événement, j'en ai pour le reste un souvenir très vif. J'allais avoir onze ans et, à Saint-Tropez où je vivais, j'amorçais la classe de sixième. Ce jour-là, je fis une rencontre qui devait me marquer pour toujours. Après les cours, en fin d'après-midi, je pénétrai dans l'« antre » d'Ellen Gerstel, une librairie aménagée dans une ancienne cave de navigateur, ayant pignon sur rue dans une venelle Renaissance du vieux quartier tropézien près du port, dit « La Bourgade ». Je me souviens encore de sa question, alors que j'hésitais – tant j'étais troublé et impressionné – sur le pas-de-porte d'une véritable caverne d'Ali Baba dont les trésors étaient des livres.

— Jeune homme, mais entrez donc ! N'ayez pas peur. Souhaitez-vous que je vous conseille, ou bien préféreriez-vous que je vous déconseille un livre ? me demanda-t-elle d'une voix bienveillante et amusée.

Ainsi, on pouvait « déconseiller » un livre. Par l'entremise de cette dame d'un âge respectable – elle aurait pu être ma grand-mère –, la littérature se présentait à moi comme une affaire très subtile. J'ignorais alors qu'elle serait au centre de ma vie. J'étais curieux d'en découvrir les premiers joyaux. J'avais, bien sûr, déjà lu des livres. Mais uniquement des ouvrages réservés à la jeunesse et formatés pour elle – comme les éditions abrégées.

Au fil du temps, j'en appris un peu de la vie de cette libraire d'exception qu'on appelait, dans ma ville natale, avec un rien de péjoratif, « L'Allemande ». Allemande, Ellen Gerstel l'était. Elle avait dû quitter Berlin et son pays en 1933, peu après la prise du pouvoir par Adolf Hitler et les nazis – dans des conditions légales et démocratiques. Faut-il douloureusement le rappeler ?

Il est vrai que dès le mois de mai de cette année-là, on brûlait des livres place de l'Opéra à Berlin – ainsi que dans plusieurs autres villes universitaires d'Allemagne –, lors de gigantesques autodafés organisés et théâtralisés par Joseph Goebbels, le ministre de la Propagande et de l'Édification du peuple. Il s'agissait des œuvres d'écrivains apatrides, anti-allemands, nihilistes ou dégénérés (bien entendu, selon la terminologie nazie). Sur les bûchers de Goebbels, parmi les auteurs symboliquement voués aux flammes, on trouvait Erich Maria Remarque, Heinrich et Thomas Mann, Stefan Zweig, Sigmund Freud…

Ellen Gerstel était juive et amoureuse des livres. Elle choisit l'exil et en assuma la douleur, et les risques. Surtout lorsqu'en France – la terre d'asile dans laquelle elle avait mis ses espérances – s'imposa un régime collaborationniste. Le 12 mai 1940, elle subit la première rafle du Vel' d'Hiv' et fut envoyée dans le camp de concentration français de Gurs. Dans cet enfer, au cœur des Pyrénées-Atlantiques, elle parvint à échapper aux convois en partance pour l'est de l'Europe, et à la mort.

Après les ténèbres vinrent la Libération, la fin de la guerre. La vie reprit son cours normal.

Installée à Saint-Tropez, Ellen Gerstel y exerça son métier avec passion et un rare talent pendant presque un demi-siècle. Elle me donna le goût de la littérature et de la philosophie. Celui également de l'Allemagne qu'on ne peut évidemment pas réduire au dramatique collapsus qui vit une nation presque dans son intégralité quitter la longue route sur laquelle chemine l'humanité depuis des millénaires pour embrasser – terrible baiser de la mort – le national-socialisme. Avant, il y avait eu Goethe, Kant, Hegel, Schopenhauer, Bach, Beethoven, et tant d'autres… C'est d'ailleurs tout le paradoxe, l'insondable mystère allemand. Ellen Gerstel m'aida à appréhender ce mystère. Par le récit pudique de quelques-uns des pans de sa vie, distillé au cours de nos échanges. Mais également en me faisant découvrir Hannah Arendt, l'écrivain-philosophe, chassée, elle aussi, de sa terre natale, l'Allemagne, parce que juive, et passée – elle aussi – par le camp de concentration de Gurs. Nul n'a mieux que l'auteur d'Eichmann à Jérusalem étudié les origines du phénomène totalitaire qui toujours conduit à la barbarie. Pire, à l'abomination : le bourreau – souvent un *Schreibtischtäter*, un criminel de bureau – en niant sa victime, dans son altérité et en la détruisant, renie sa propre humanité. La lecture du grand œuvre d'Arendt, *Les Origines du totalitarisme*, m'éclaira, entre autres, sur la dimension la plus invasive de la peste brune : elle s'immisce au cœur même de la psyché des hommes, investit leurs pensées les plus intimes, colore leurs rêves, atteint, pour les gangréner, les couches les plus profondes de leur inconscient. À la fin, c'est leur âme qu'elle colonise, pour l'asservir, puis l'anéantir. Le processus mis en place et déployé à tous les niveaux d'une société – pour parvenir à une telle désintégration puis annihilation de la conscience individuelle, pour disposer à sa botte d'une nation, puis d'un groupe de nations, et – si possible – d'un vaste empire d'individus interchangeables et décérébrés – a besoin, pour s'enclencher, puis, inexorablement, se dérouler, de deux insidieux et redoutables poisons viraux qui se potentialisent l'un l'autre : l'idéologie et la terreur.

Avant le nazisme, répondre à la question d'Emmanuel Kant *Was ist der Mensch* – « Qu'est-ce que l'homme ? » – n'était pas chose aisée.

Depuis, et après… est-ce seulement envisageable ?

L'homme nazi n'est plus humain ; et pourtant, il est homme. Ses victimes ne sont qu'un cri déchirant dans la nuit. Le cri – peut-être prémonitoire d'une immense catastrophe – de la célèbre sculpture de Rodin ou celui – tout aussi dramatiquement visionnaire – du tableau de Munch. Dans sa singularité allemande, le national-socialisme a mis au jour, rejoignant en cela tragiquement l'universel, le noyau irréductible d'inhumanité qui demeure tapi au fond de l'homme et qui attend son heure. Le nazisme est sidérant, parce qu'il relève du « paradoxe de Weimar » – ce que nous nommions plus haut « le mystère allemand » – remarquablement formulé par l'historien Johann Chapoutot. La ville de Weimar – Allemagne, Land de Thuringe –, rappelle l'auteur de *La Loi du sang*, hébergea, entre autres grandes figures, Goethe et Schiller, mais aussi Bach et Liszt. Et plus tard, elle vit s'ériger à ses portes – effroyable dualité – le camp de concentration de Buchenwald (étymologiquement : « le bois de hêtres » – un nom au charme bucolique qui désignera *ad vitam aeternam* l'horreur absolue). Aujourd'hui, de Weimar à Buchenwald Opfer, si l'on emprunte la ligne de bus 253, le trajet s'effectue en 25 minutes environ pour une distance de 13 km.

Moins d'une demi-heure d'autobus seulement sépare l'humanisme le plus généreux – et ses expressions parmi les plus géniales – des traces mémorielles d'un enfer que même Dante n'aurait pu imaginer.

Ellen Gerstel savait cette terrible vérité. Mais elle était convaincue que le vrai courage, celui du Télémaque de Fénelon, ou encore du Sisyphe de Camus, avec son rocher sur les bras, ne se laisse jamais abattre, l'adversité le renforce. Toute sa vie fut un combat contre l'obscurantisme et pour la culture, gage de liberté. Elle était adepte du principe selon lequel il vaut mieux mourir debout que vivre à genoux. Elle aimait les littératures de résistance et d'exil, et livrait le combat – avec ses livres – pour une certaine idée de l'homme et de la civilisation. Au début des années 1970, elle me conseilla deux romans – ils avaient en commun d'être des dystopies à l'évidence hantées par la grande tragédie allemande (et celle, également, du stalinisme russe) – qui me marquèrent à jamais. Le premier (dans l'ordre de lecture), *La Kallocaïne*, court récit de la Suédoise Karin Boye, paru en 1940, racontait un monde totalitaire – l'État mondial – gouverné par la peur, la délation, la trahison, y compris celles des êtres les plus proches, les plus chers, si l'on peut dire. Un univers où la police de la pensée pénétrait par effraction dans les rêves des citoyens, violait les tréfonds les plus secrets de leur psyché, pour traquer tout désir d'un monde autre, toute velléité de révolte, toute aspiration à la liberté. Le second récit, l'autre « anti-utopie », *Fahrenheit 451,* du romancier américain Ray Bradbury, publié en 1953, narrait un univers assez similaire (mais dans un style littéraire fort différent, et sur la base d'un scénario tout autre) dans lequel les pompiers n'avaient pas pour mission d'éteindre les incendies, mais celle ô combien paradoxale de perquisitionner les demeures des derniers réfractaires, d'y réquisitionner des livres qu'on aurait pu y cacher, afin de les brûler en place publique. Dans ce récit de science-fiction, les lances à incendie ne projetaient plus de l'eau, elles crachaient des flammes à la température de 451 °F, celle à partir de laquelle le papier se consume. Réfugiés au cœur des forêts, des réfractaires, soucieux de sauver le patrimoine culturel de l'humanité, formaient une étrange tribu : chaque individu adulte y avait pour mission d'apprendre un livre par cœur. Tel se présentait disant : « Bonjour, je suis le père Goriot. », tel autre annonçait : « Je suis Madame Bovary. » Ces hommes – et ces femmes – libres, ces irréductibles, étaient aussi des « Hommes-livres ». Dans ce dernier ouvrage, la littérature, plus encore qu'un inestimable trésor patrimonial, était une arme de combat. Elle était salvatrice parce qu'elle conduisait sur les chemins, forestiers, de la liberté.

Libraire passionnée et inlassablement curieuse, Ellen Gerstel m'incita – aussi – à lire des ouvrages qu'elle estimait « indispensables » pour qui s'intéresse à l'Allemagne et à l'Europe. Je me bornerai ici à n'en citer que deux – mais majeurs – qui racontent l'Europe, l'Allemagne, la montée des périls, le pressentiment du tragique : l'un est un essai autobiographique – *Le Monde d'hier. Souvenirs d'un Européen* de Stefan Zweig –, *l*'autre un roman largement autobiographique – *La Montagne magique* de Thomas Mann.

Ellen Gerstel tenait commerce de livres, face aux yachts rutilants – parfois arrogants –, amarrés quai Suffren, dans la darse tropézienne. Étonnant contraste. Elle assumait ce paradoxe avec une sagesse tranquille. La vie ne fourmille-t-elle pas de contradictions, d'étrangetés, de questionnements sans réponse ? Ellen Gerstel est morte au début des années 1990, bottes au pied, ses armes de papier à la main, dans sa librairie, à deux pas des flots bleus de cette Méditerranée qu'elle avait appris à aimer. Peut-être retrouvait-elle dans le creuset de la « Mer intérieure » ce qu'elle avait tant apprécié de la *Mitteleuropa* : une saveur cosmopolite, celle du métissage multiculturel qui a façonné l'Europe.

Un jour du mois d'août 1993, ensoleillé comme tous les autres jours, je passai dans la matinée à la librairie Gerstel. Ellen me conseilla quelques ouvrages. J'ignorais, bien entendu, que je profitais pour la dernière fois de son savoir littéraire encyclopédique mais jamais asséné, et de son regard plein d'humanité – sur les livres, la création artistique, les gens, le monde comme il tourne… Pourtant, je devais en avoir le pressentiment, car je m'attardais. Ellen Gerstel me suggéra la lecture des *Conversations avec Goethe* d'Eckermann – un gros « pavé » paru chez Gallimard. Par esprit d'escalier, elle évoqua longuement le compositeur autrichien Franz Schubert qui mit en musique nombre de textes de Goethe, mais également de Heine et de Wilhelm Müller, un poète romantique à l'âme tourmentée, moins connu, dont un long poème. *Le Voyage d'hiver* lui servit de livret pour la composition de *Winterreise*, le cycle musical de 24 lieder qui accompagne discrètement le présent roman, *L'Homme du Café Kranzler.*

À la disparition d'Ellen Gerstel, à la fin de l'année 1993, je savais qu'un jour, j'écrirais un livre pour lui rendre hommage. Il ne la mettrait pas en scène, non, mais il aurait pour thème cette incommensurable tragédie que fut le nazisme en Allemagne. J'ignorais quand je m'y attellerais et comment j'aborderais le sujet. Mais j'avais cette certitude.

Ce livre doit beaucoup à la libraire allemande de Saint-Tropez.

Postface

Le roman de Michel Goujon, *L'Homme du Café Kranzler*, séduit d'abord pour le plaisir de lecture qu'il procure : on le dévore comme un thriller. Le lecteur, tenu en haleine par la tension narrative, tremble pour le sort d'Andreas et s'inquiète – malgré tout, serions-nous tenté de dire – de celui de Magdalena, deux personnages propres à éveiller son empathie. Il tourne fébrilement les pages dans l'attente du fameux « comment cela va-t-il finir ? » de Roland Barthes, la clé d'un suspense réussi. En un mot : ce roman est un remarquable *page-turner*.

On est aussi immédiatement « embarqué » par le choix de la perspective narrative, l'art de raconter la réalité nazie, de percevoir les faits du point de vue interne des personnages, des Allemands somme toute ordinaires, avec en filigrane la grande et sombre Histoire. Michel Goujon a su montrer les doutes qui assaillent Andreas, son désengagement progressif de la révolution nationale-socialiste avant le sursaut final et la rupture. Héros presque malgré lui, il est parfaitement représentatif du dilemme de ces résistants allemands – relativement peu nombreux face à la grande majorité de *Mitläufer*, moutons fanatisés et silencieux qui ont suivi aveuglément leur Führer – déchirés entre le devoir d'obéissance à un régime arrivé légalement au pouvoir et celui de combattre sa barbarie. L'éclairage que propose Michel Goujon pour illustrer ces deux attitudes antagonistes face à l'endoctrinement nazi est pertinent et juste : d'un côté l'idolâtrie que Magda voue à Hitler au point de lui consacrer un autel ; de l'autre la prise de conscience de son mari, Andreas, au fil des événements qui marquent l'emprise graduelle du nazisme sur le pays, son opposition tacite, avant son engagement dans la résistance.

Un terrible arrière-plan historique qui me tient particulièrement à cœur, en raison de mes racines maternelles germaniques à l'origine de mon amour pour la langue allemande et de ma vocation de professeur d'allemand ; et qui a suscité, entre autres, ma motivation et mon intérêt à traduire le présent roman en langue allemande. Ma mère, née en 1929, a été frappée de plein fouet par la tourmente du nazisme et de la guerre. Elle a dû quitter son village de Mrotschen en Posnanie, un matin de 1945, une valise à la main, fuyant les horreurs perpétrées par l'Armée rouge sur les civils allemands. Elle avait appartenu aux Jeunesses hitlériennes. Une sombre période de sa vie qu'elle a toujours refusé d'évoquer. Naturalisée française, elle parlait si bien notre langue, émaillée d'occitan, avec l'accent rocailleux du Tarn que nul n'aurait pu soupçonner qu'elle était étrangère.

Cependant, en rester à l'intrigue romanesque qui s'agrège à l'histoire des années noires du Troisième Reich, aussi fortes qu'en soient la charge dramatique et l'intensité émotionnelle suscitées chez le lecteur, signifierait omettre la dimension musicale qui confère au roman toute sa densité.

Une lecture attentive nous permet de percevoir des fragments de lieder du *Voyage d'hiver* de Schubert (*Winterreise*), portés par une voix comme venue d'ailleurs, qui transcende les pages et scande les tribulations du personnage. Cette musique est le fil d'Ariane qui sous-tend la trame narrative du récit.

Derrière Andreas Kuppler, le reporter sportif qui se rend aux Jeux olympiques d'hiver de Garmisch-Partenkirchen, en février 1936, se profile le *Wanderer*, le marcheur schubertien qui part « en étranger » pour un voyage au bout de la nuit glaciale. Les échos et les réminiscences de ce personnage résonnent dans la prose fluide et rythmée de Michel Goujon tel un leitmotiv lancinant, celui d'un fantôme errant giflé par les flocons hostiles, dans une marche claudicante à travers des villages où hurlent des chiens fous sous le cliquètement des chaînes, où grincent les girouettes qui tournent au gré du vent.

Ce *Wanderer* énigmatique du *Voyage d'hiver*, l'un des chefs-d'œuvre du grand représentant de la musique romantique allemande (composé un an avant sa disparition, à l'âge de 31 ans), évolue dans un paysage en noir et blanc parfois illuminé par la fulgurance de visions de bonheurs évanouis, de rêves de printemps brusquement interrompus par un retour dans les froidures de l'hiver rude et sauvage. Il est, au fil des pages, une sorte de double évanescent, de *Doppelgänger*, d'Andreas Kuppler. Les obstacles qui jalonnent son errance sont une métaphore du cheminement semé d'embûches du héros de Michel Goujon.

Andreas est, en effet, lui aussi un homme torturé, perclus de doutes. Il ne comprend plus ses proches tombés sous l'emprise hypnotique du *Führer*. Il ne partage plus les valeurs de sa *Gemeinschaft*, sa « communauté », et cela lui donne un sentiment d'isolement – comme s'il se trouvait sur une autre planète – et, pire, de trahison. Andreas est un étranger dans son propre pays. Perdu, désormais sans repères, il tourne comme une girouette au gré du vent mauvais. Il est un homme désorienté en quête d'un univers idéal d'où la barbarie serait bannie, un monde pur à l'image de l'air des Alpes bavaroises, loin des hurlements de chiens des nazis et de leurs hystériques *Heil Hitler !*

Pour autant, le parcours d'Andreas Kuppler ne peut pas être assimilé au voyage sans issue du *Wanderer* de Schubert, prisonnier du linceul de la neige. Contrairement au héros schubertien, Andreas n'est pas un être enfermé dans une ontalgie existentielle et les affres du mal de vivre et de ne pas mourir. Son malaise et son sentiment d'être un étranger viennent du contexte politique de sa nation qu'il ne reconnaît plus.

Tandis que le fantôme errant de Schubert piétine en spirale dans une immobilité lancinante, un temps cyclique toujours recommencé, à l'image de la quinte monotone, indéfiniment répétée du joueur de vielle qu'il va finir par suivre dans un hiver sans fin, Andreas Kuppler, lui, devant le régime totalitaire instauré par Hitler et sa cascade d'atrocités, avance dans la prise de conscience. Ses yeux se dessillent peu à peu. Les doutes qui l'assaillent n'ont rien de métaphysique. Son « voyage d'hiver » n'est pas un vain piétinement sans espoir ni fin. Loin de l'entraîner à sa suite dans une errance infinie, la voix de l'étrange vieillard qui entonne le lied *Mut* – « Courage » – le soir de l'autodafé en tournant la manivelle de son orgue de Barbarie provoque chez lui un sursaut salvateur. Elle lui fait prendre conscience qu'au-delà des horreurs du totalitarisme nazi subsiste, enfoui au plus profond de l'homme, son véritable trésor : la force de résister.

Andreas se meut dans un espace-temps en progression. Il vit des expériences, connaît des hauts et des bas, fait des rencontres qui lui indiquent le chemin de la liberté. Son « voyage d'hiver », qui le mène des affres du doute à l'action libératrice de la résistance, est une odyssée initiatique, une quête spirituelle, un processus de purification et de libération qui donne tout son sens au roman.

Tout son sens… Ou presque. Car il y a aussi Magdalena, et elle participe ô combien au sens de cette œuvre romanesque.

Au début du roman, alors qu'elle est encore privée de voix narrative, on pense, en tant que lecteur, qu'elle ne va pas « exister » vraiment. On ne la perçoit – dans ce premier temps du récit – que comme un (simple) contrepoint au héros principal, Andreas. Pourtant, le personnage de Magdalena va s'imposer au fil des pages – et c'est l'une des réussites de ce livre. Mme Kuppler va faire entendre sa voix singulière, dire son point de vue, exprimer son mal de vivre, pire : sa détresse, ses tendances suicidaires. Paradoxe : elle va affirmer d'emblée son existence dans une scène qui, plutôt que la vie, évoque la réclusion, voire la mort : seule, dans la pénombre de sa chambre, alors qu'elle observe une danse fugitive et hallucinatoire de feux follets. Or, chacun le sait, dans l'imaginaire collectif occidental, le feu follet évoque les cimetières, les marécages, les lieux maudits où les esprits malins font la sarabande.

Magdalena souffre depuis des années d'une dépression à tendance cyclothymique dont la cause principale semble être la stérilité du couple, alors que son rêve le plus cher, et même son unique projet de vie, était de fonder une famille nombreuse. Elle éprouve, plus encore que de la frustration, un immense désarroi. Elle vit une tragédie existentielle. Guettée par la folie, elle bascule souvent dans un état second proche du somnambulisme. Incapable de remplir sa mission fondamentale de femme – être mère, en tant que chrétienne ayant à cœur de répondre à l'injonction biblique : « Soyez féconds, multipliez, remplissez la terre, et l'assujettissez... » –, elle se perçoit comme une paria. Abandonnée de Dieu et des hommes, elle ne tient qu'en ingurgitant des cocktails médicamenteux mariant neuroleptiques et somnifères. Sa douleur est d'autant plus vive que les nazis, au pouvoir désormais en Allemagne, appellent les femmes à ne plus travailler et à enfanter, élever leur progéniture, pour repeupler ce Reich dont le « Prophète » Adolf Hitler annonce qu'il vivra mille ans. Nazie « jusqu'au bout des ongles », Magdalena va, elle aussi, évoluer au cours du roman. Mais lorsqu'elle comprend la manipulation dont elle est l'objet, et l'endoctrinement que subit le peuple allemand, il est trop tard, les dés en sont jetés, et le destin ne va pas l'épargner... Au final, après le long « chemin de croix » que représente son interrogatoire dans les locaux de la Gestapo, elle ne trouvera comme échappatoire que la mort, espérance d'une rédemption – symbolisée par la résurrection de Lazare de Béthanie – qui ne relève plus du jugement des hommes, mais du Tribunal divin. Elle a alors quelque chose d'Emma Bovary, le personnage féminin dont Gustave Flaubert a fait un archétype ; ou encore de Thérèse Desqueyroux, l'héroïne tragique de François Mauriac. Comme pour cette dernière, la question-couperet se pose : coupable ou victime ?

Avant de tenter une réponse, on pense à la mise en garde de Primo Levi : « Comprendre, c'est presque justifier ». Ni Michel Goujon, ni la voix « off » de son narrateur ne cherchent à comprendre la jeune nazie Magdalena Kuppler. Il n'y a rien à comprendre. Ils s'efforcent de l'éclairer, comme le ferait le peintre Rembrandt s'il avait charge de dresser son portrait en « clair-obscur ». Ils relèvent sa dualité, ses contradictions. D'ailleurs, elle n'est pas seulement double, elle est multiple. Elle ressemble aux personnages de Dostoïevski – ou à ceux de Thomas Mann : elle est en quête du bonheur tranquille, c'est-à-dire de l'impossible. Et en même temps, les abîmes l'attirent. La Madone et Sodome dans le même cœur. Piégée par sa famille, sa culture, sa morale, elle aspire à la transgression, et la redoute. Elle étouffe, voudrait briser le carcan. Elle est prise souvent de bouffées de nostalgie : celle de son enfance, ou encore celle d'un merveilleux séjour avec son mari sur l'île de Sylt où ils virent trois soleils illuminer la ligne d'horizon à l'heure embrasée. Comme dans la tragédie racinienne, tous les éléments du drame sont réunis. Il n'y a pas d'échappatoire.

Quand commence le roman, il est déjà trop tard, Magdalena et Andreas se sont aimés. Mais ils ne se comprennent plus. Le nazisme tel une faille sismique a fracturé leur couple. Les dieux ont soif. Et tout n'est que bruit et fureur. Andreas, lui, au milieu de cet immense chaos, parvient à cheminer. Il est porté par ses convictions, aidé par la musique et quelques mentors bienveillants sur sa route.

Si je devais résumer *L'Homme du Café Kranzler*, je citerais la dernière phrase du roman de l'écrivain allemand Hans Fallada, *Seul à Berlin* : « C'est à la vie qu'il [ce roman] est dédié, à la vie qui sans cesse triomphe de la honte et des larmes, de la misère et de la mort. »

Car au terme de son « voyage d'hiver », Andreas quitte les ténèbres de l'obscurantisme pour s'en aller vers la lumière.

Edmonde Permingeat (Germaniste, Edmonde Permingeat vient de traduire *L'Homme du Café Kranzler* en langue allemande.)

Note de l'auteur

L'histoire tragique d'Andreas et Magdalena Kuppler est une œuvre de fiction. Elle a fait l'objet d'une *novella* sous l'intitulé *La Désobéissance* d'Andreas Kuppler – publiée par l'auteur voilà quelques années aux éditions Héloïse d'Ormesson. Ce court récit fut la genèse embryonnaire du roman *L'Homme du Café Kranzler.*

Remerciements

Un grand merci à mes primo-lecteurs.

Ils essuient les plâtres des différentes versions du manuscrit avec patience et me donnent des retours sincères mais toujours bienveillants. Ils représentent un club informel très important pour moi :

Marcelle Achino, Roland Achino, Samuel Andréo, Yennette Aubour, Isabelle et Christian Campisano, Jacques et Pierrette Chaumeil, Alain Clément, Corbeyran, Nicolle Cordelier, Nicole Cornec, Jean-Claude et Muriel Coulon, Daniel Faget, Camille Gallard, Amaury et Camille Goujon, Josette, Philippe, Romuald et Timothée Goujon, Brigitte Lacoste, Marie-Hélène Lebrun, Martine Lemaitre, Dominique Mallegni, Valérie et Pascal Maréchal, Michel Perez, Edmonde Permingeat, Lolita Requena, Catherine Rigolot, Jean-Pierre Russo, Jutta Schull, Bernadette Sésé-Myr, Marie-Christine, Maurice Vallotti et Dominique Voisin.

Merci à mes éditeurs pour leur confiance : Frédéric Thibaud, Morgane Talbotier, Julien Picquart, Anne Coucogne, Sébastien English.

Achevé d'imprimer en juin 2023
sur les presses de la Nouvelle Imprimerie Laballery
58500 Clamecy
Numéro d'impression : 305659

Imprimé en France

La Nouvelle Imprimerie Laballery est titulaire de la marque Imprim'Vert®